HALT!

W0389981

UNDER NINJA

ist eine japanische Serie, und in Japan wird von hinten nach vorn umgeblättert und von rechts oben nach links unten gelesen. Wir wünschen spannende Unterhaltung!

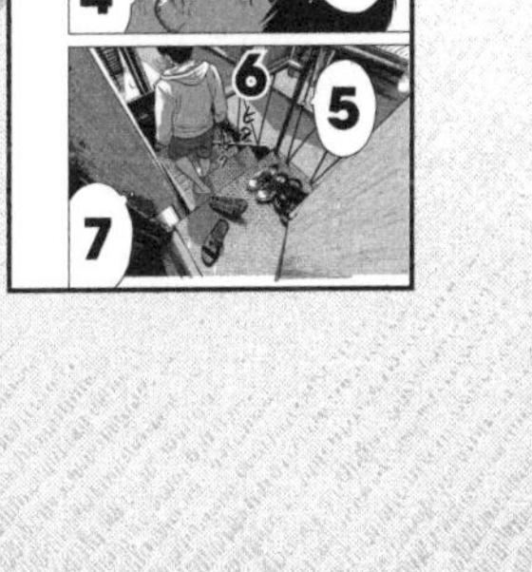

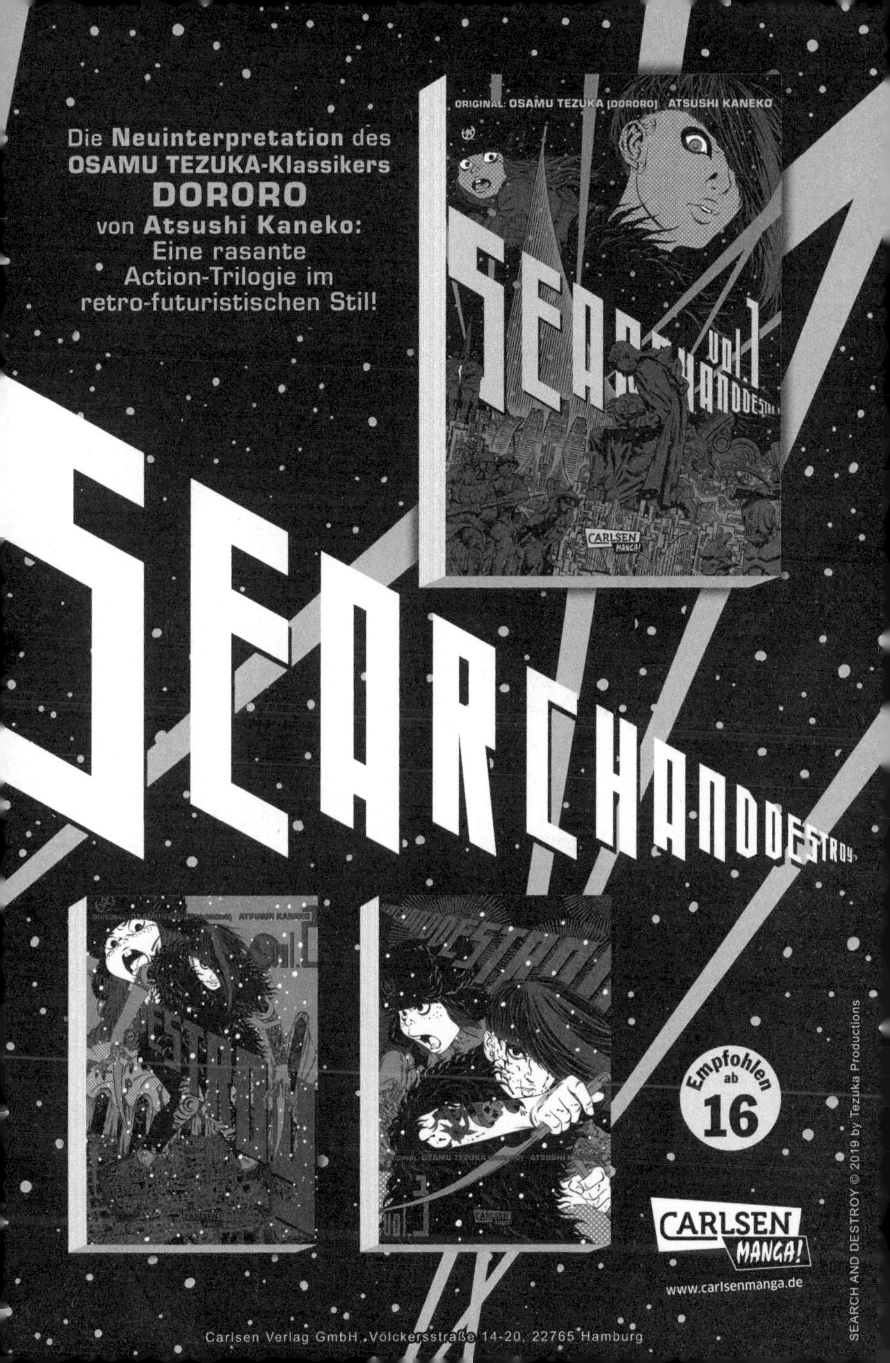
Die Neuinterpretation des
OSAMU TEZUKA-Klassikers
DORORO
von Atsushi Kaneko:
Eine rasante
Action-Trilogie im
retro-futuristischen Stil!
ORIGINAL: OSAMU TEZUKA [DORORO] ATSUSHI KANEKO
SEARCH AND DESTROY vol.1
CARLSEN MANGA!
SEARCHANDDESTROY
Empfohlen ab 16
CARLSEN MANGA!
www.carlsenmanga.de
SEARCH AND DESTROY © 2019 by Tezuka Productions
Carlsen Verlag GmbH, Völckersstraße 14-20, 22765 Hamburg

UND...
... WIRD DER FALL...
ZIEH DEN BH SCHNELL AN.
... UM DEN BH-DIEB EBEN-
FALLS GELÖST???
BAND 2! SCHON

UNDER NINJA – VORSCHAU AUF DEN NÄCHSTEN BAND…
DER MYSTERIÖSE FALL DES SCHWANZABSCHNEIDERS!
FSHOO
NINJA VS. KILLER AUS DEM AUSLAND…
ZASH
… STEHEN EINANDER AUGE IN AUGE GEGENÜBER!!
BALD IM HANDEL!

UNDER NINJA

CARLSEN MANGA

Aus dem Japanischen von Nadja Stutterheim
UNDER NINJA

First published in Japan in 2019 by Kodansha Ltd., Tokyo
Publication rights for this German edition arranged through Kodansha Ltd.
Redaktion: Petra Lohmann
Textbearbeitung: Karen Eifler
Herstellung: Björn Liebchen

ISBN: 978-3-551-02757-3

FSC
www.fsc.org
MIX
Papier | Fördert gute Waldnutzung
FSC® C083411

Wir produzieren nachhaltig
- Klimaneutrales Produkt
- Papiere aus nachhaltigen und kontrollierten Quellen
- Hergestellt in Europa

ALLES KLAR...
BAND 1 – ENDE

ES PASSIERT WIRKLICH NICHTS...
KANN MAN WOHL NICHTS MACHEN...
DANN LEG ICH MICH EBEN SCHLA-FEN...
TPP
AH!

ON...
... ANCHI...
... MARISHIE ...
... SOWAKA...

...
STIMMT... DA GAB ES DOCH SO EIN MANTRA WIE SO EIN CODE-WORT...
MARISHI-TEN...
NICHTS PASSIERT. EINEN KNOPF GIBT'S AUCH NICHT.

GENAU. »DIE STARKE HAND DER HAUS-FRAU« HAT EINE 9-VOLT-BATTE-RIE.
Basananic
EROTICA
KLICK
Basananic
EROTICA
もぞ
WÜHL
BFAAH
ZIPP
SO!
FWPP

AHA! HIER ALSO!
EIN ADAPTER FÜR EINE 9-VOLT-BATTERIE...
ABER ICH HABE KEINE 9-VOLT-BATTERIE...
... UND AUCH KEIN GELD, UM EINE ZU KAUFEN.
!
KRAM
KRAM
IRGENDWO...
... HIER...
... HAT ONO-SAN DOCH SEIN ERWACHSENENSPIELZEUG...

ICH HAB IHN JETZT MEHRMALS UNTER-SUCHT...
SHUFF もぞ
SHUFF もぞ
DA MUSS DOCH IRGEND-WAS SEIN.
AH!
FWIPP ぐっ

MARISHI-TEN 4.0...
WENN DAS EIN ECHTER IST...
摩利支天 4.0
... WIESO WURDE DER EINEM GENIN GEGEBEN?
DIE NEUESTE AUSSTAT-TUNG GEHT DOCH NOR-MAL AN DIE VORDERSTE FRONT?!
HEISST DAS ALSO, WIR SIND HIER AN VORDERS-TER FRONT?

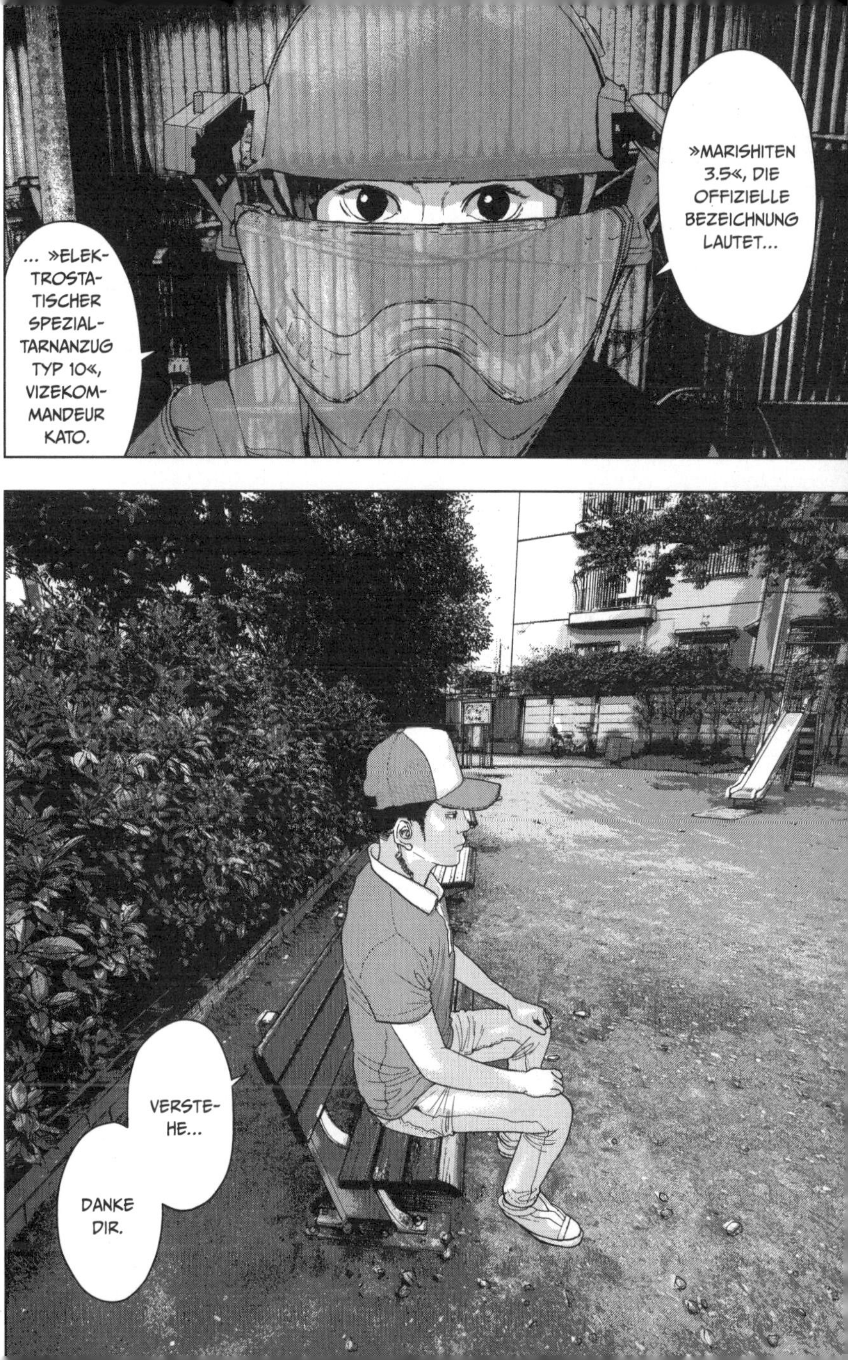
»MARISHITEN 3.5«, DIE OFFIZIELLE BEZEICHNUNG LAUTET...
... »ELEKTROSTATISCHER SPEZIALTARNANZUG TYP 10«, VIZEKOMMANDEUR KATO.
VERSTEHE...
DANKE DIR.

* oni: Teufel; kobe: Nacken, Hals

ブFWOOSHン
ブFWOOSHン

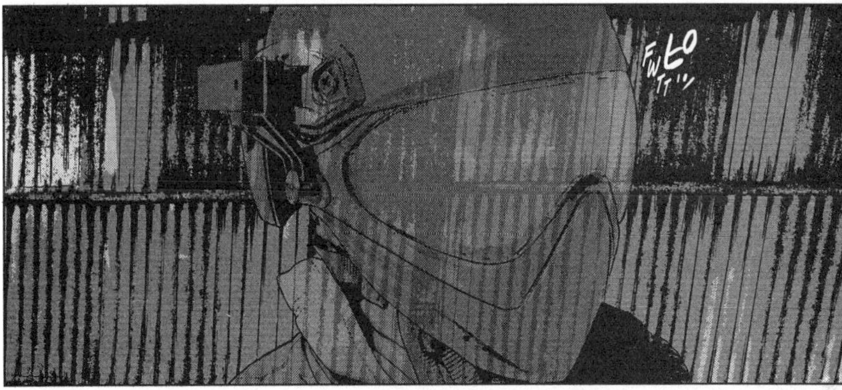
FWITT ピッ

プシュ PSHUU!!

You wanna die?
(WILLST WOHL DRAUFGEHEN?)

Shit, what the hell is this?
(SCHEISSE, WAS ZUR HÖLLE IST DAS?)
Is it a bomb?
(EINE BOMBE?)
Nah, it ain't a bomb. It's a 'sword'.
(NEE, KEINE BOMBE, EIN »SCHWERT«.)
Nobody else can do this but 'Ninja'.
(DAS KRIEGT NIEMAND HIN AUSSER »NINJA«.)
'Ninja'... wanted to see them for real.
(»NINJA«... HÄTT ICH GERN GESEHEN.)
Are you kidding me?
(BIST DU BESCHEUERT?)
Look what's on the corner of the desk.
(SIEH MAL, DA, AUF DER SCHREIB-TISCHECKE.)

DADADANG
Freeze!!
WOMM

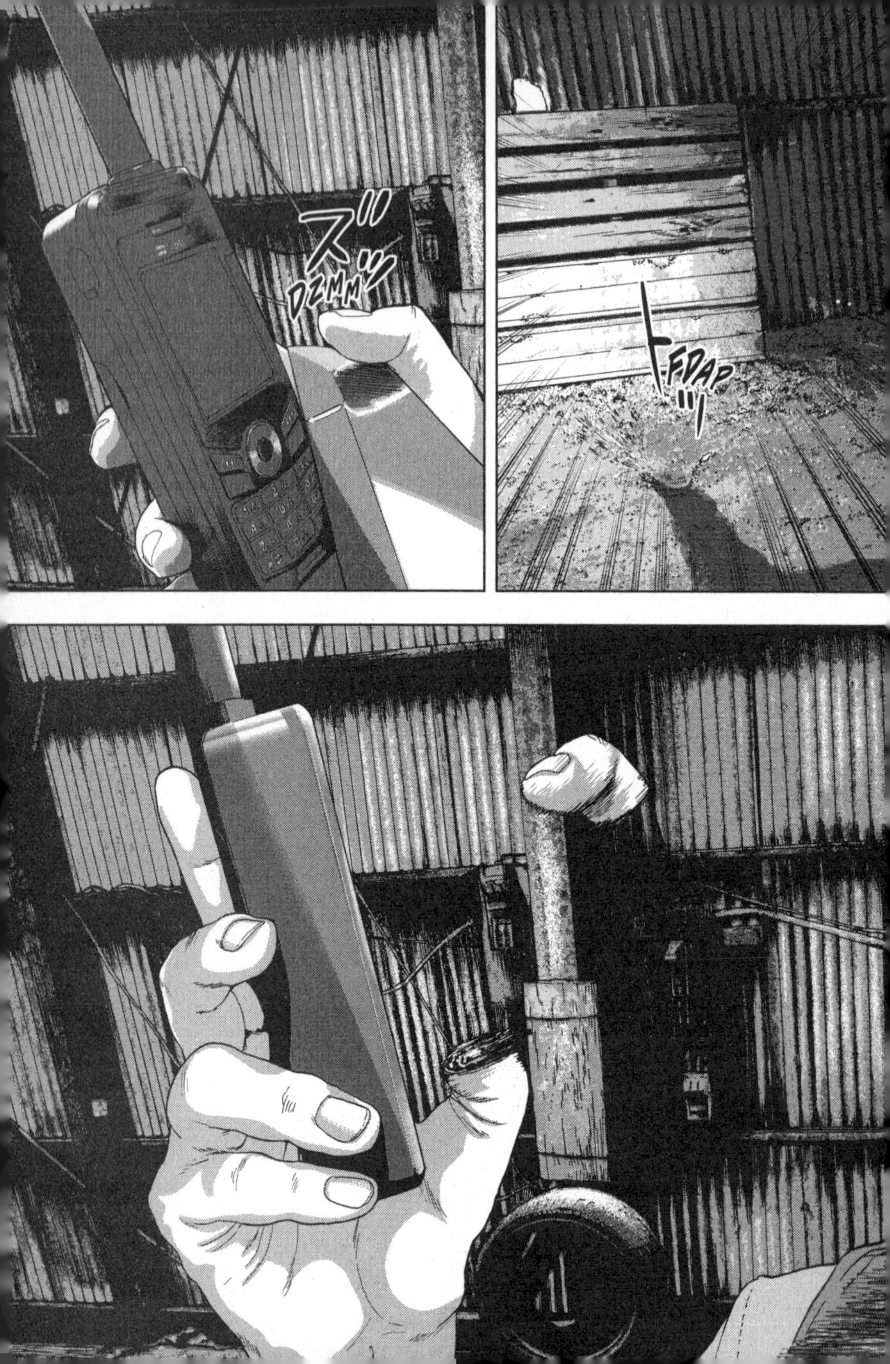
ズ
DZMM
FDAP

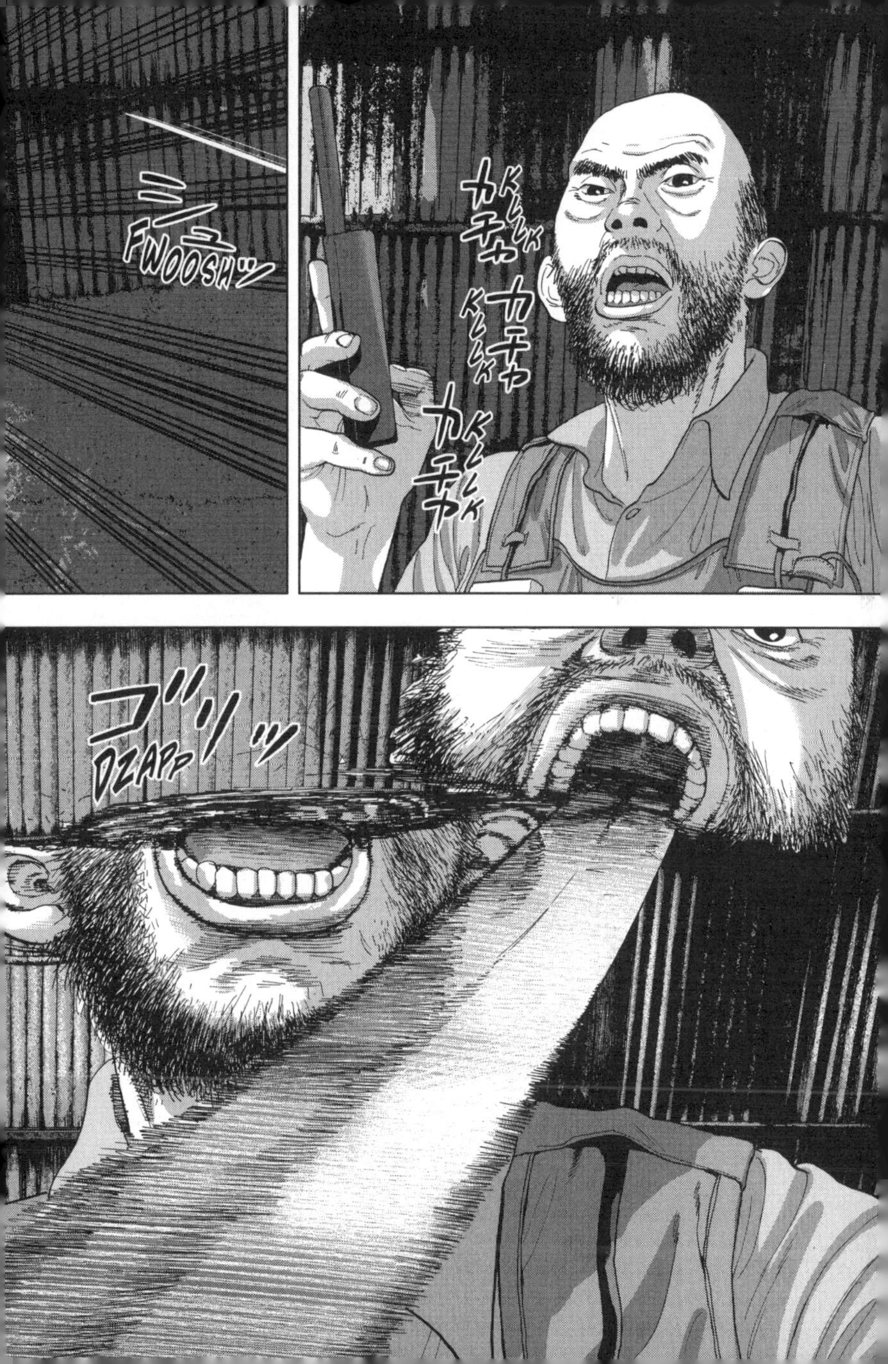
カチャ
カチャ
カチャ
FWOOSH
ゴリッ
DZAPP

...
What's goin' on? (WAS'N LOS?!)
?!
SST
ス

KACHINK
KACHINK
Clear!
KACHINK
All clear!
Yeah I know...
(JA... ICH WEISS...)
I'll take those Yankees down with me.
(ICH NEHM DIESE AMIS MIT.)
KACHINK
KACHINK

KAPITEL 9
DODOSH
FWOOOM
Get ready, go!!
FTAM

KACHINK
ガチャ
Clear!
FWOOM
FTAM
Clear!
ガチャ
KACHINK

KATANG
KOTONG
KATANG
KOTONG
RATTER
RATTER
RATTER
RATTER
TAP TAP TAP TAP
ALS DIESER CHUNIN DEN HOODIE GE-SEHEN HAT, WAR ER SOFORT WIE VERSTEINERT.
DAS HAT DOCH WAS ZU BEDEU-TEN...
KAPITEL 8
ENDE

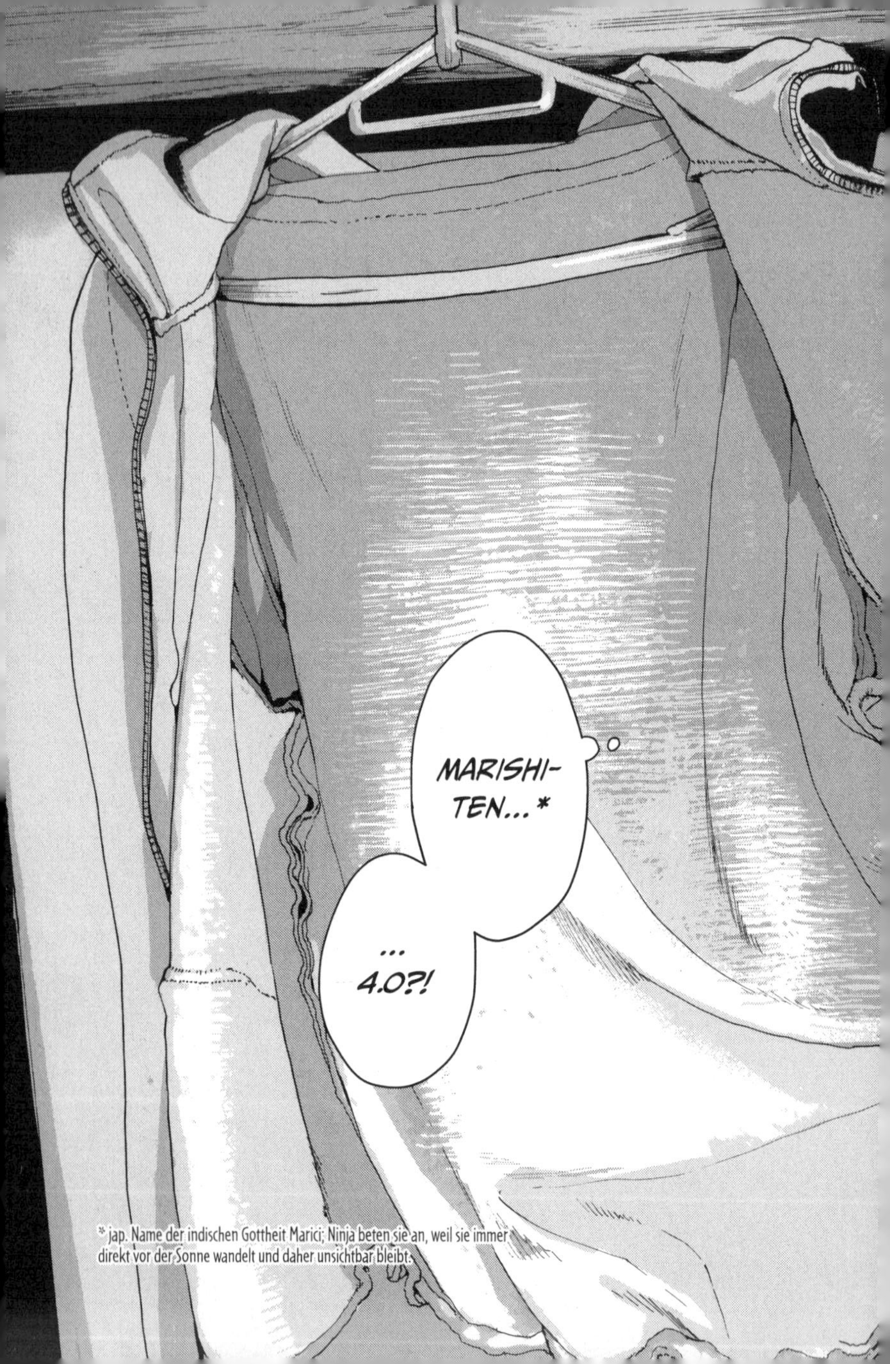

* jap. Name der indischen Gottheit Marici; Ninja beten sie an, weil sie immer direkt vor der Sonne wandelt und daher unsichtbar bleibt.

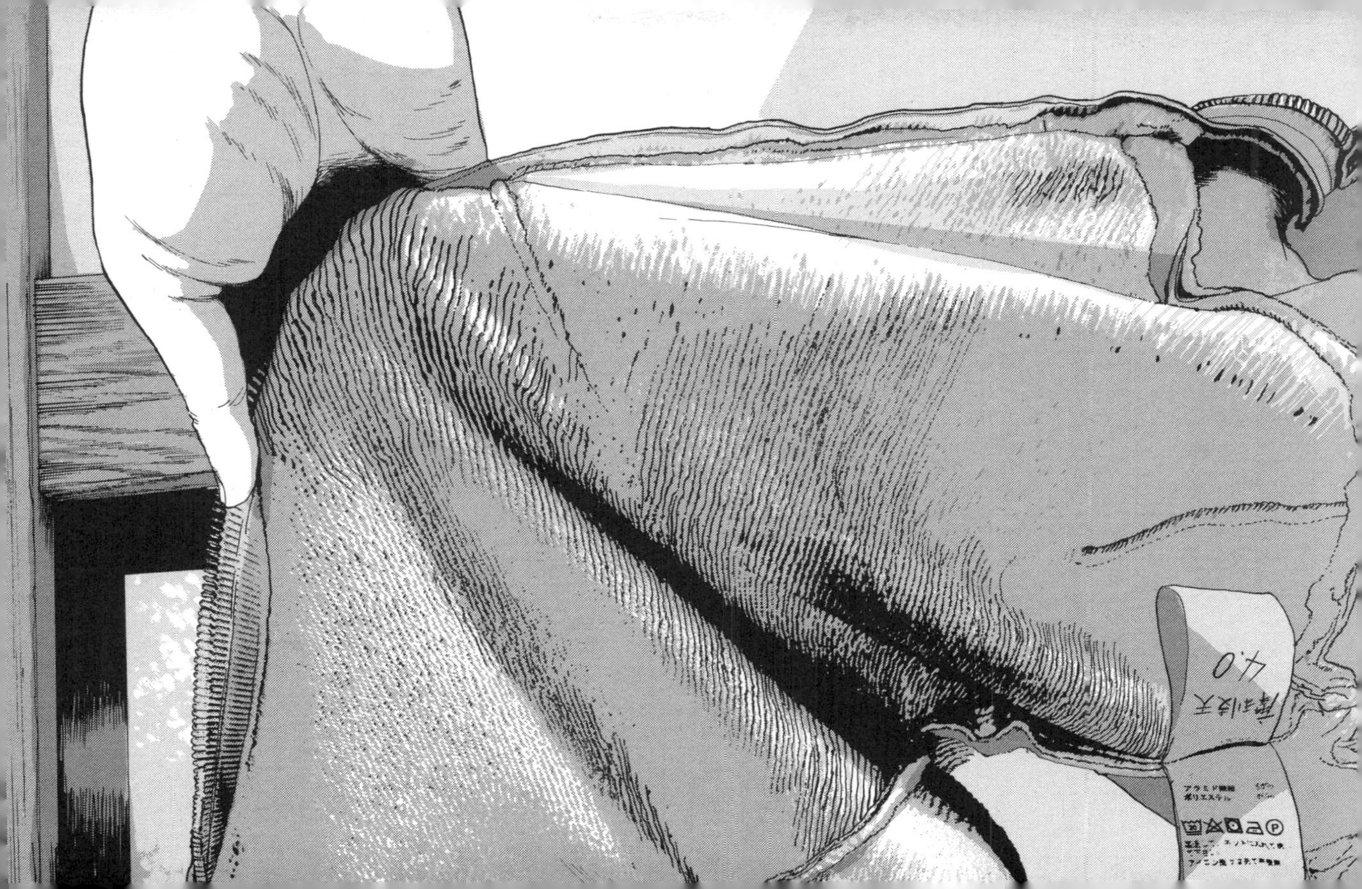
4.0
アラミド繊維
ポリエステル

WAR DIESER HOODIE IN DEM PAKET, DAS ICH DIR NEULICH GEBRACHT HABE?
JA.
DER UND EINE OBERSCHULUNIFORM.
DER IST STICHFEST...
... UND KUGELSICHER...

JAWOHL!
...

... WERDEN ELEKTRODEN ABGESCHOSSEN. SCHLAGEN DIE EIN, FLIESSEN 100.000 VOLT UND DU BLOCKST DEN GEGNER AB.
DZAPP
DIE ELEKTRODEN KÖNNEN NUR EINMAL ABGEFEUERT WERDEN. WIE UND WANN DU DAS EINSETZT, BLEIBT DIR ÜBERLASSEN.
NA? MAL PROBIEREN?
UAH, NEIN!
MIT TASERN HAB ICH SCHON ERFAHRUNGEN!
SIEH ZU, DASS NIEMAND DICH SIEHT, UND TÖTE DEN KERL MÖGLICHST NICHT.
WIR WOLLEN IHN AUF NIMMERWIEDERSEHEN NACH HAUSE SCHICKEN.

DER SCHLAGSTOCK FUNKTIONIERT WIE EIN HANDELS-ÜBLICHES TEIL.
FWUMM
DZAPP
WENN DU AUF DEN KNOPF AM GRIFF HIER DRÜCKST...

KNPP
ぐぐぐっ
ズズッ
SST
...
IN DEM KARTON IST GENAUSO EIN TEIL WIE DAS HIER.
IM SCHLAG-STOCK STECKT EIN TASER...

LASS DEN TYPEN NICHT FREI...
... IM LAND DER NINJA HERUMLAUFEN.
WERD SELBST ZUM LOCKVOGEL, FINDE DIESEN MANN...
... UND LASS IHN BITTER BEREUEN, NACH JAPAN GEKOMMEN ZU SEIN.

HIER IST DEIN JOB.
ドッ TIPP
ERLEDIGE IHN IN DEN NÄCHS-TEN DREI TAGEN.
DEIN ZIELOBJEKT IST EIN BLONDER WEISSER, ETWA 1,90 M GROSS, SPRICHT JAPANISCH. ER TRÄGT EINE RUNDE BRILLE UND EINEN BLAUEN JOGGINGANZUG MIT KAPUZE. UND EINEN REGENSCHIRM MIT JAPANISCHEM SCHWERTGRIFF.
EINE KRIMINELLE ORGANISATION AUS DEM AUSLAND WILL SICH IN UNSER UNTERNEHMEN EINSCHLEUSEN. ABER DER TYP HAT WOHL WAS FALSCH VER-STANDEN UND DENKT, INDEM ER SCHWÄNZE ABSCHNEIDET, KANN ER KONTAKT ZU UNS AUFNEHMEN. DA KOMMT ALSO NOCH MEHR.

JAWOHL! NACH DEM ÖFFNEN DES PAKETS FOLGERTE ICH, DASS MEIN AUFTRAG DARIN BESTEHT, MICH AN EINER OBERSCHULE EINZUSCHLEUSEN.
NÄCHSTEN SAMSTAG HABE ICH EINEN AUFNAHMETEST. BIS DAHIN HALTE ICH MICH ZU HAUSE BEREIT, SODASS NIEMAND VERDACHT SCHÖPFT.
VERSTEHE. DANN...
... HAST DU JETZT JA NOCH DREI TAGE ZEIT.
?
HAST DU VON DEM AMOKTÄTER IN NERIMA GEHÖRT?
JA, AUS DEM INTERNET... DA IST JEMAND, DER MÄNNERN DEN SCHWANZ ABSCHNEIDET, RICHTIG...?

NICHT DASS DU DADURCH EIN PAAR GE- HEIMNISSE VERRÄTST.
UND FÜHRST GANZ SCHÖN VIELE SELBST- GESPRÄCHE.
SOSO.
NEIN, KEINE SORGE!
ICH TU NUR WIE JEMAND, DER ANDERE VON SICH FERN- HALTEN WILL, DESWEGEN RED ICH MIT MIR SELBER!
ÄHM...
MÖCHTEN SIE EINEN TEE?
VON JEMANDEM IN SO EINEM AUFZUG WILL ICH KEINEN TEE. ERZÄHL LIE- BER: WIE KOMMST DU MIT DEM AUF- TRAG VORAN?

DU SCHEINST JA VIEL ZEIT ZU HABEN.
BFAH
FWOOSH
TAPP

OKAY...
ICH FÜHL MICH JETZT EIGENTLICH NICHT GROSS ANDERS.
EIN BH DIENT OFFENBAR EHER DAZU, AUS- ALS AN- GEZOGEN ZU WERDEN...
ICH WÜRD NIE IM LEBEN EINEN KLAUEN. TROTZ- DEM NEHM ICH MIR IHN EINFACH OHNE ERLAUBNIS, WENN ONO-SAN NICHT DA IST. IST ER SO REIZVOLL?

HM?
HMM?
HMMM?

MUSS NOCH...
... ZWEI SCHWANZ SCHNEIDEN.
WAS?
SST
スッ
...
EIN PERVERSER AUSLÄNDER, DER WAS MELANCHOLISCHES AN SICH HAT...

»VER-STOSSEN«?
WAS BEDEUTET DAS?
ÄHM...
No friends, no family, any more!
GLAUB ICH...
NO! DAS WILL ICH NICHT!
DANN HÖR SOFORT AUF DAMIT!
DAS KANN ICH NICHT...

BIST DU EINE FRAU?
DAS MÜSSTEST DU EIGENT-LICH WISSEN, WENN DU MICH ANGUCKST.
PSSHAA
BLIPP
FUUH...
SAG MAL, WILLST DU STREIT?
EINES TAGES SIEHT MEINE TOCHTER AUCH SO AUS.
WIE AUSSEHEN...? ALSO WENN MEIN VATER EINER VÖL-LIG UNBEKANNTEN FRAU ZWISCHEN DIE BEINE GLOTZT, WÜRDE ICH IHN VERSTOSSEN.
PSSHAA
PSSHAA

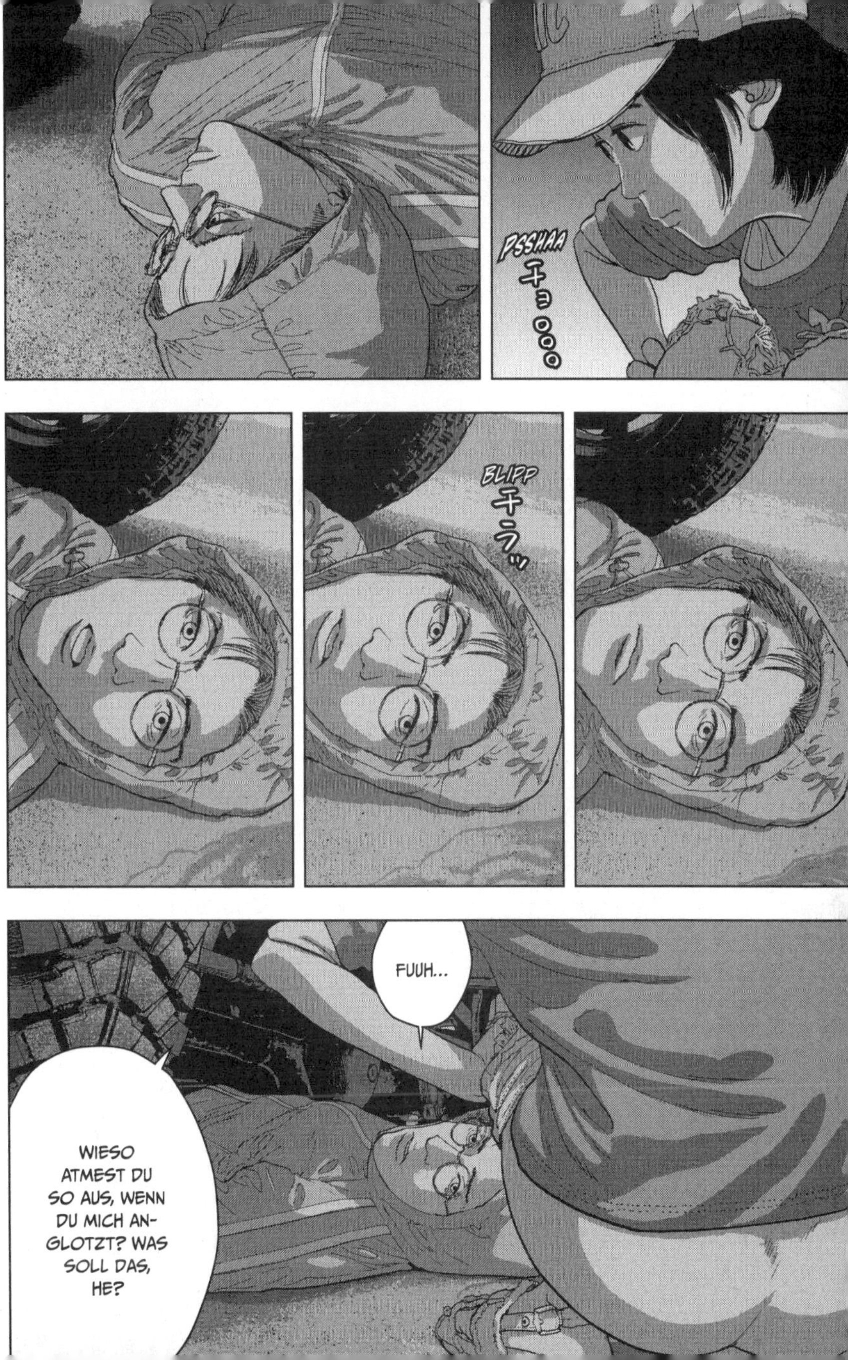
PSSHAA
ヂョooo
BLIPP
チラッ
FUUH...
WIESO ATMEST DU SO AUS, WENN DU MICH ANGLOTZT? WAS SOLL DAS, HE?

KAPITEL 8

* inkognito

OH, JETZT HAB ICH DIE AMEISE ERTRÄNKT...
DU, TUT MIR ECHT LEID!
ヒョコ
WOOSH
KAPITEL 7
ENDE

AAH, NEIN! ICH KANN NICHT MEHR!
TUT MIR WIRKLICH LEID!
AAAH ...

WAS MACH ICH DENN JETZT?
ICH MACH MIR GLEICH IN DIE HOSE.
WENN ICH DOCH NUR...
... EINFACH AUF DIE STRASSE PINKELN KÖNNTE!
FWMP モジ
FWMP モジ
WENN ICH AN NICHTS DENKE...
... GEHT'S VIEL-LEICHT...

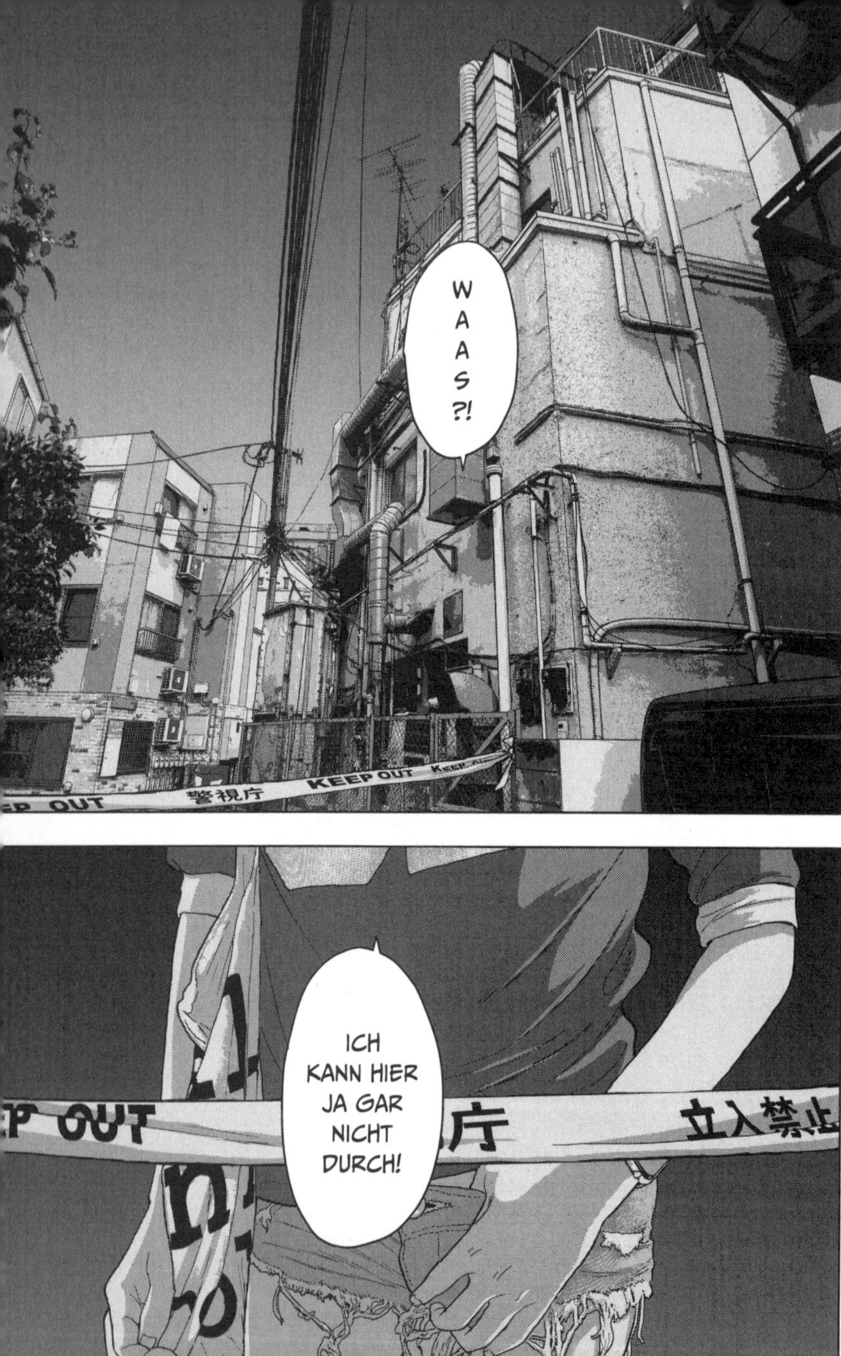

KEEP OUT
警視庁
WAAS?!
立入禁止
ICH KANN HIER JA GAR NICHT DURCH!

...
TSS!
WEG IST ER.
ABER IRGEND-WIE...
... WIRD ALLES NACH UND NACH IM-MER SUSPEK-TER, ODER?

... NINJA« ...

»UNDER
...

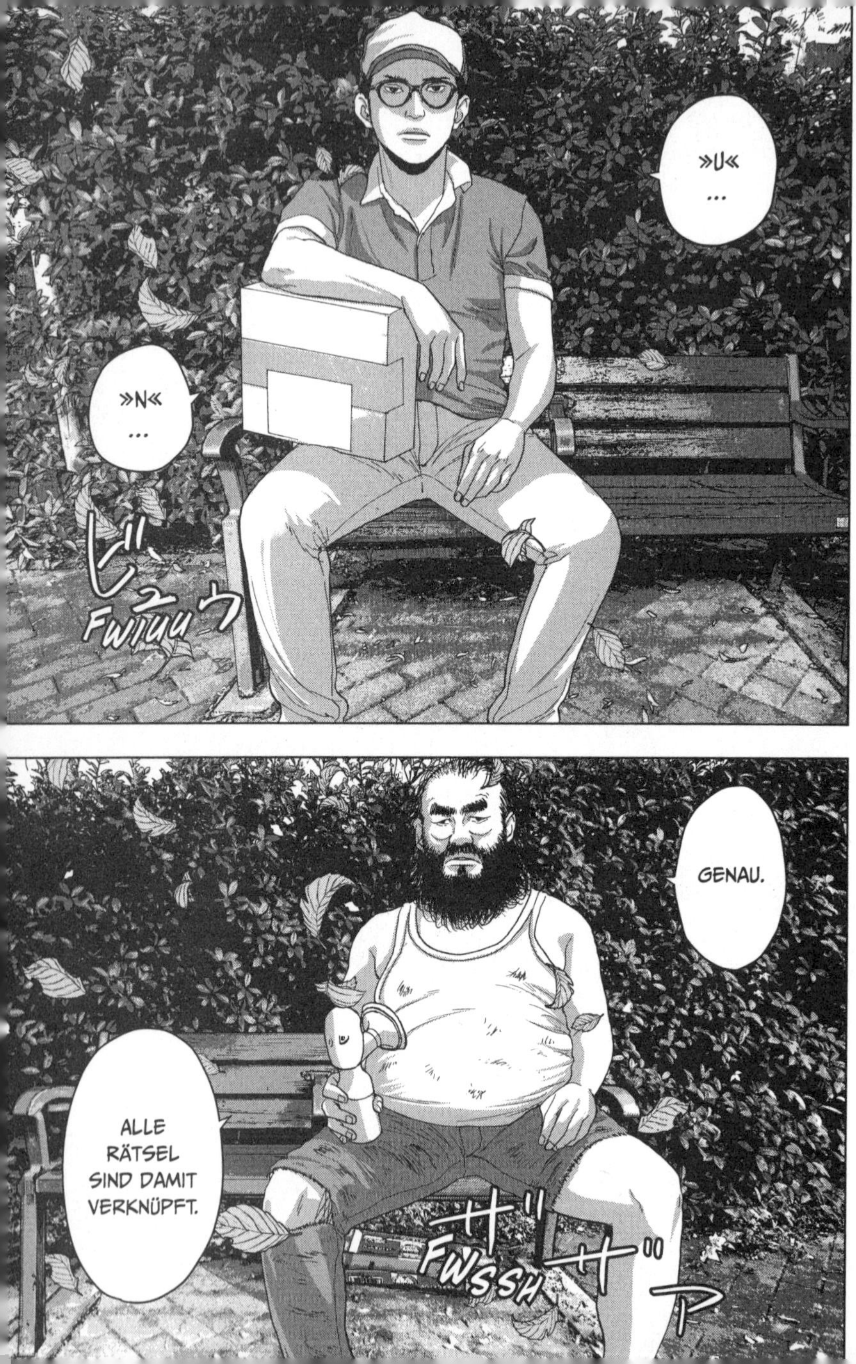
»U« ...
»N« ...
Fwiuuu
GENAU.
ALLE RÄTSEL SIND DAMIT VERKNÜPFT.
FWSSH

WIESO WURDET IHR CHUNIN DER TOPKLASSE...
... ÜBERSTÜRZT VON EUREN POSTEN AUS DEM AUSLAND ZURÜCKBEORDERT UND MIT NATIONALEN AUFTRÄGEN BETRAUT?
カサッ
RSSH
カササッ
RSSH
RSSH
WIESO ERHÄLT DIESE RIESIGE...
... KAMPF-ORGANISATION KEINERLEI ZIVILE KONTROLLE DURCH DEN STAAT?

ピィ PIEP
ピィ PIEP
ピィ PIEP
ピィ PIEP
... HIER IM LAND?

ES GIBT 290.000 POLIZIS-TEN...
... 230.000 KÄMPFER IN DEN SELBST-VERTEIDIGUNGS-TRUPPEN...
... UND WIR STELLEN...
... INSGESAMT 200.000.
WARUM SIND...
... MEHR ALS 90 % VON UNS...

ERSTER NINJA-OFFIZIER...
... SASAMA?
»EX«...
... UM GENAU ZU SEIN...
SEIT DEM ENDE DES KRIEGES SIND MEHR ALS 70 JAHRE VERGANGEN.
TROTZDEM HAT DER PREMIERMINISTER NICHT DIE OBERSTE BEFEHLSGEWALT ÜBER UNS.

PIEP PIEP
PIEP PIEP
TRINK EIN BISSCHEN MUTTERMILCH. DIE HAT VIELE NÄHRSTOFFE.
ICH HABE EINE TÜR NACH DER ANDEREN GEÖFFNET...
... ABER WAS MICH DA ERWARTETE, WAREN TÜREN OHNE AUSGANG. LEERE EXISTENZEN, KATO.
IST DAS...
... EINE KRITIK AN DER ORGANISATION?
DANKE, ICH TRINKE NICHT WAS ICH NICHT KENNE.

KATO...
DU BIST EINER DER WENIGEN...
... DENEN ICH MEIN LEBEN AN-VERTRAUEN WÜRDE.
ピィ PIEP
ピィ PIEP
ピィ PIEP
UND INDEM ICH EUCH VERTRAUT HABE...
... KONNTE ICH WEITER VO-RANGEHEN UND NEUE TÜREN ÖFFNEN.

SASAMA-SAN...
... HAST DU DENN KEIN GELD?
NEIN, NICHT MAL 'NE MÜNZE.
DIE KINDER BETTELN MICH IMMER AN UND DAS GEHALT EINES GENIN GIBT JA NICHTS HER.
キュポ KYUP
キュポ KYUP
HMM...
WIESO HAST DU DICH VON DER ORGANISATION ABGESETZT?
WAR DAS AUCH EIN AUFTRAG?
KATO...
DIE SCHLACHT IN TIMBUKTU WAR DOCH DER REINE HORROR.
KILOMETERWEIT VOM FEIND UMZINGELT, OHNE DEN HAUCH EINER CHANCE, ZU ENTKOMMEN.
キュポ KYUP
キュポ KYUP
キュポ KYUP

ピイ PIEP
ピイ PIEP
KATO...
... WILLST DU EIN BISSCHEN MILCH?
キュポ KYUP
キュポ KYUP
キュポ KYUP
キュポ KYUP
NEIN, DANKE.

LANGE NICHT GESEHEN, SASAMA-SAN.
PIEP PIEP
KATO…
LASS UNS EINEN ANDEREN ORT FINDEN…
GYAHAHAHA
WAAAH
TAPP TAPP
… UM ÜBER DIE ARBEIT ZU SPRECHEN. HIER SIND KINDER.
PASST MIR GANZ GUT.
IN DER NÄHE IST EINE BAR. UNTERHALTEN WIR UNS DA.

WENN'S VON DIR IST, IST ES KEINE MUTTERMILCH!
DAS IST VATERMILCH! IGITT!!
KICK
BONK
BANK
FWOSH
UUH... SEID IHR ÜBERHAUPT MENSCHLICHE WESEN?!
ALS KINDER HABEN WIR BESONDERE RECHTE!
...
HAST DU 'NE ZIGARETTE?
ICH RAUCHE NICHT...
WUMP
HMM...

HIER, IHR ROTZLÖFFEL! TRINKT ORDENTLICH MUTTERMILCH!!
ICH HAB SCHÖN WAS ZUSAMMENGEPUMPT!
HIER! NA LOS!
LECKER MUTTERMILCH! IHR KÖNNT SIE ABSAUGEN!
KYAAAH
WAAAH
DA IST DER MILCHONKEL!!
GYAHAHAHA
WAAAH

* Egoda-Park

SEIT WANN GEHÖRT ES ZUM EINTRITTSTEST, SCHWÄNZE ABZUSCHNEIDEN?
EGAL. JEDENFALLS WAR GESTERN EIN AUSLÄNDER HIER, DER NINJA WERDEN WILL.
GIB DAS NACH OBEN WEITER. ES GAB SCHON GENUG IDIOTEN...
... DIE WAHLLOS LEUTE UMGEBRACHT HABEN, UM BEI UNS EINZUSTEIGEN.
HEISST DAS, DA KOMMT NOCH MEHR? GOTT, WIE GRUSELIG...
DAS BESCHÄDIGT AUCH UNSER IMAGE. ES GEHT HIER ALSO UM UNSEREN RUF.
LÖS DAS PROBLEM SCHLEUNIGST. DU HAST DOCH JEMANDEN, DER GRAD FREI IST, ODER?
JA...
EINEN HAB ICH ...
KAPITEL 6
ENDE

* Ich will Ninja werden

HALLO.
...
DAS GING SCHNELL.
IN NERIMA-KU WURDE EINEM MANN DER SCHWANZ ABGESCHNITTEN.
IN KOINU-MACHI, ODER? HAB ICH GEHÖRT!

TOKYO SKY TREE
NERIMA-KU...
DER NERIMA-CLAN WAR SO RUHMREICH...
ABER DAS IST VERGANGENHEIT...

カッ
TAANG
カッ
TAANG
ブビッ
PFFFÜT
!
カッ
TAANG
カッ
TAANG
ICH GEH KURZ AUF DIE TOILET-TE.
WAREN SIE NICHT EBEN, CHEF?

ゴオオオオ
GOOOO

カッ
TAANG-!
カッ
TAANG-!

AAH, BIN ICH MÜDE!
ICH KÖNNT EWIG PENNEN.
IN NERIMAKU, KOINUMACHI, NICHOME WURDE IN DER NACHT EIN MANN ANGEGRIFFEN.
IHM WURDE EIN KÖRPERTEIL ABGETRENNT, DER MANN IST SCHWER VERLETZT. DIE POLIZEI BETRACHTET DIES ALS AMOKTAT.
DAS IST DOCH HIER IN DER NÄHE...

WAS SAGST DU DA?!
NA, DANN WIRD DOCH DER JUNGE GESCHNAPPT!
WIESO HÄLTST DU ZU DEM BENGEL?!
...
チュン
チュン
FUAAAH!

NA, WENN DU IHN GEFUNDEN HÄTTEST, WÄR ALLES NOCH KOMPLIZIERTER GEWORDEN.
ICH HAB IHN GETRAGEN, UM IHN ZU VERSTECKEN. WIE HEISST ES SO SCHÖN? »UNTER DER LATERNE IST AM DUNKELSTEN.«
VERSTEHE. SO HABE SELBST ICH IHN NICHT BEMERKT, OBWOHL ICH IHR HAB UND GUT WIE MEINE WESTENTASCHE KENNE.
DU MACHST MIR ANGST.
WIE DEM AUCH SEI… ICH MAG JA MEINE FEHLER HABEN, ABER DIR IST KLAR, DASS NICHT ICH DEN BH GEKLAUT HABE, ODER?
KOMMST DU MIT UND HILFST MIR KAWADO-SAN ALLES ZU ERKLÄREN?
NÖ, KEINE LUST.

SIE HÄTTEN DEN BH DOCH GLEICH KAWADO-SAN ZURÜCK-GEBEN UND IHR ALLES ERKLÄREN KÖNNEN?
J... JA...
...
ABER ...
... ICH HABE EINEN SOLCHEN SCHRECK BEKOMMEN, DASS ICH SOFORT NACH HAUSE GERANNT BIN.
BÖÖRGH
BÖÖRGH
UND DANN WURDE MIR PLÖTZLICH ÜBEL UND ICH HAB AUF DEN BH GEKOTZT...
ICH BIN TAGS DA-RAUF GLEICH DAMIT IN DEN WASCHSA-LON! ABER IHN...
... FRISCH GEWASCHEN ZURÜCKZU-GEBEN WÄR JA RICHTIG VERDÄCHTIG GEWESEN...
DRUM HAB ICH IHN BEHAL-TEN...
ONO-SAN...
DAS ERKLÄRT IMMER NOCH NICHT, WARUM SIE DEN BH ANZIEHEN.

ACH SO, DAS IST DIESER MITTEL-SCHÜLER AUS DER NACHBARSCHAFT. ER ENTDECKT GERADE SEINE SEXUALITÄT, SPIELT MIT DROH-NEN UND LINST OFT...
... BEI KAWADO-SAN INS FENSTER, ABER DASS ER SOGAR UNTER-WÄSCHE KLAUT...
WOHER WEISST DU DAS?!
WARUM ERZÄHLST DU DAS NICHT KAWADO-SAN?!
BLOSS NICHT! ICH WILL DOCH NICHT, DASS EIN PUBERTIERENDER WEGEN SO WAS BESTRAFT WIRD.
WAS? BIST AUF SEINER SEITE, ODER WAS?

UND WAS SEH ICH DA?!
BWIIIIIM
AUS DEM GRABEN NEBEN DEM MIETS-HAUS...
... STARRTE MICH EINER MIT BLASSEM GESICHT AUS WEIT AUF-GERISSENEN AUGEN AN.
DER GEIST EINES JUN-GEN!

... NACH DEM BH AUS!
FLICK
ALS ICH IHN ERWISCHTE...
... SPÜRTE ICH EINEN BLICK AUF MIR.
OH NEIN!, DACHTE ICH UND GUCKTE NACH UNTEN.

... UND WAS SAH ICH?!
BWWWM
DA FLATTERTE DER BH ÜBER MIR!
ICH ER-SCHRAK FÜRCHTER-LICH.
BWWM
OH NEIN!, DACHTE ICH, RANNTE SCHNELL...
... DIE TREPPE HOCH UND STRECKTE MEINEN SCHIRM...

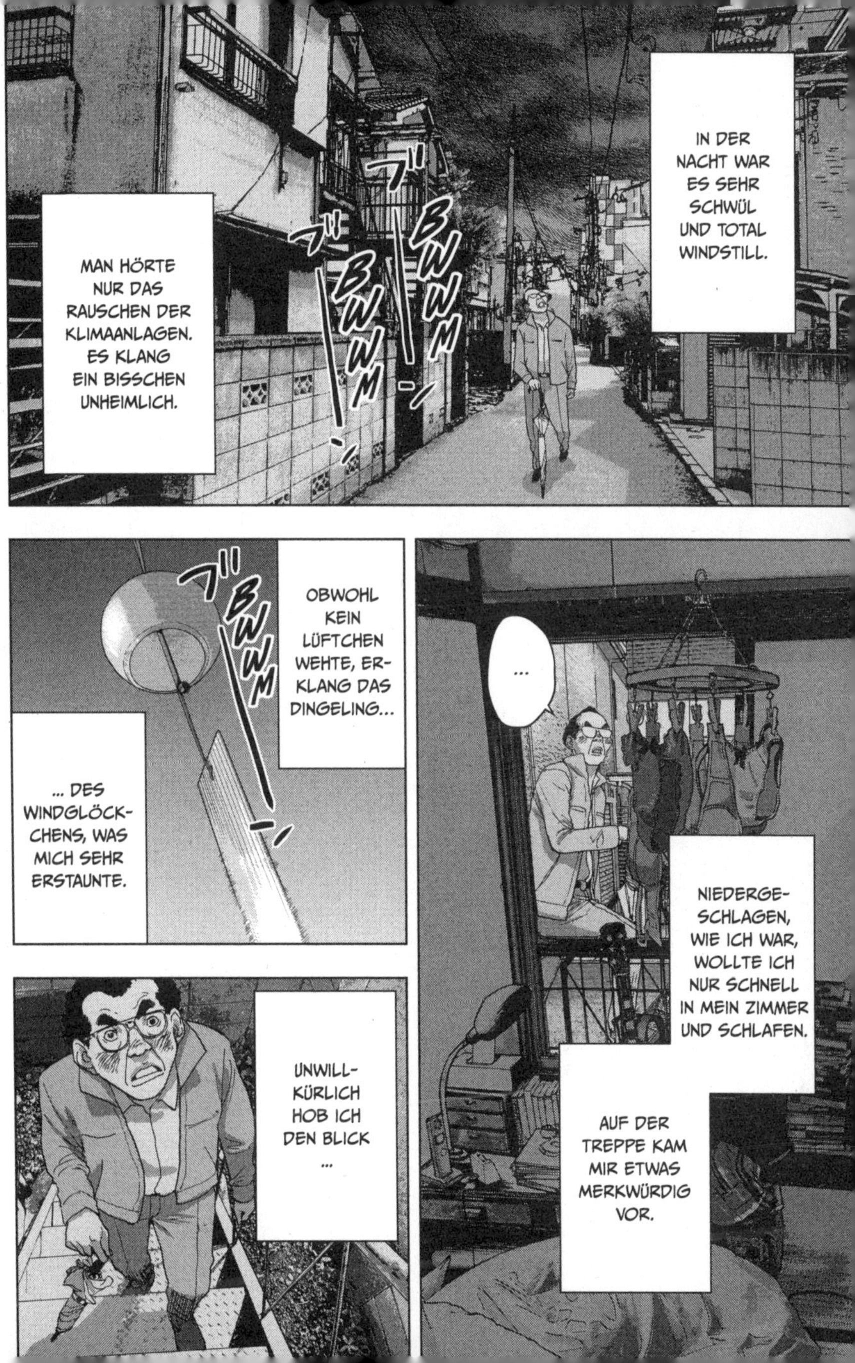
IN DER NACHT WAR ES SEHR SCHWÜL UND TOTAL WINDSTILL.
BWWM
BWWM
MAN HÖRTE NUR DAS RAUSCHEN DER KLIMAANLAGEN. ES KLANG EIN BISSCHEN UNHEIMLICH.
...
NIEDERGESCHLAGEN, WIE ICH WAR, WOLLTE ICH NUR SCHNELL IN MEIN ZIMMER UND SCHLAFEN.
AUF DER TREPPE KAM MIR ETWAS MERKWÜRDIG VOR.
OBWOHL KEIN LÜFTCHEN WEHTE, ERKLANG DAS DINGELING...
BWWM
... DES WINDGLÖCKCHENS, WAS MICH SEHR ERSTAUNTE.
UNWILLKÜRLICH HOB ICH DEN BLICK ...

OKAY...
ERZÄHLEN SIE MIR VON DEM BH.
NA GUT...
ES WAR...
... VOR ETWA ZWEI WOCHEN.
ICH WAR GERADE GEFEUERT WORDEN...
... UND KAM STURZ-BETRUNKEN NACH HAUSE.

ÜBRIGENS, SAG MAL, KUMOGAKU-RE-KUN...
JA?
DU WARST GESTERN GAR NICHT IN DEINEM ZIMMER. WAS HAST DU GEMACHT?
ICH HAB GESTERN MIT EINER ÄLTEREN STUDENTIN WAS GETRUNKEN. IM ENDEFFEKT HATTE SIE MICH EINGELADEN.
WIR SIND DANN DANACH ZU IHR INS ZIMMER, ABER SIE IST EINGESCHLAFEN. ALSO HAB ICH BIS IN DEN NACHMITTAG HINEIN »HERR DER RINGE« GEGUCKT.
FÜHRST WOHL EIN ZIEMLICH ERFÜLLTES LEBEN?
WIESO FRAGEN SIE?
WAS...? ACH, NICHTS.

ALSO DANN, PROST!
JA, MEINETWEGEN...
PROST...
PUAAH!
ALSO DAS IST WIRKLICH EIN GUTER PFLAUMENSCHNAPS, DEN IHRE MUTTER DA BRAUT.
ICH GIESS MIR NOCH WAS EIN.
AH... OKAY.
KEINE UMSTÄNDE, ICH MACH DAS SCHON.
WOHER WEISST DU ÜBERHAUPT, WIE PFLAUMENSCHNAPS SCHMECKT?

JA, ABER...
... ICH HABE KEINS MEHR...
KAWADO-SAN HAT MEIN GAN-ZES BIER WEG-GETRUNKEN.
KEIN PROBLEM.
IN DER KÜCHE STEHT NOCH DER PFLAUMEN-SCHNAPS, DEN IHRE HOCHBE-TAGTE MUTTER IHNEN JEDES JAHR SCHICKT.
WOHER WEISST DU DAS?
DEN HATTE ICH EXTRA VER-STECKT, MEINE RE-SERVE...
KRAM
KRAM

KAPITEL 6
KOMMEN SIE, TRINKEN WIR EIN BIER UND SIE ERZÄHLEN MIR...
... WIE ES KOMMT, DASS SIE KAWADO-SANS BH TRAGEN. VERHEIMLICHEN SIE MIR NICHTS!

Tüü TAA
Tüü TAA
ELENDER ONO! DA HAST DU DEIN GANZES LEBEN ALS RECHTSCHAFFENER MENSCH VERBRACHT!
UND DANN MUFFENSAUSEN WEGEN DER SIRENE?
ICH SCHWÖR BEI ALLEN GÖTTERN, ICH HAB DAS HÖSCHEN NICHT GEKLAUT!
ABER AUS IRGENDEINEM GRUND TRAG ICH...
... DEN BH DER MISS... DAS LEBEN IST SCHON EIN RÄTSEL...
SHRRT
ONO-SAN! WIESO HABEN SIE KAWADO-SANS BH AN?
UAAH!!!
LASSEN SIE UNS EIN BIER TRINKEN UND ERZÄHLEN SIE ES MIR!
KAPITEL 5
ENDE

FWIPP
ビッ
GRRR, BIN ICH SAUER! ICH TRINK DAS BIER ALLEIN.
FTAK
コッ
FTAK
コッ
AH, EIN AUSLÄNDER!
FTAK
コッ
FTAK
コッ
FTAK
コッ

JEMANDEM AUF DEN SCHWANZ ZU STARREN IST ECHT PERVERS, WEISST DU DAS?
GLATZKOPF.
WAS?
WILLST DU STREIT?
GLATZKOPF.
NA, WARTE! DU ERLEBST GLEICH WAS!
GLATZKOPF.
PSSSHH
DEIN WORTSCHATZ IST 'N BISSCHEN BEGRENZT, WAS?
GLATZKOPF.
HNK!
KVOSH
KVOSH

KOMM, AI-CHAN, ICH FAHR DICH ZU DEINER WOHNUNG!
AH, SCHON OKAY! ICH MUSS ERST NOCH ZUM CONBINI!
ABER VIELEN DANK!
KLOSH
KLOSH
SOLL ICH ONO-SAN YEBISU-BIER BRINGEN?
HE, KLEINE!
WAS GLOTZT DU SO?
PSSSH
KLOSH

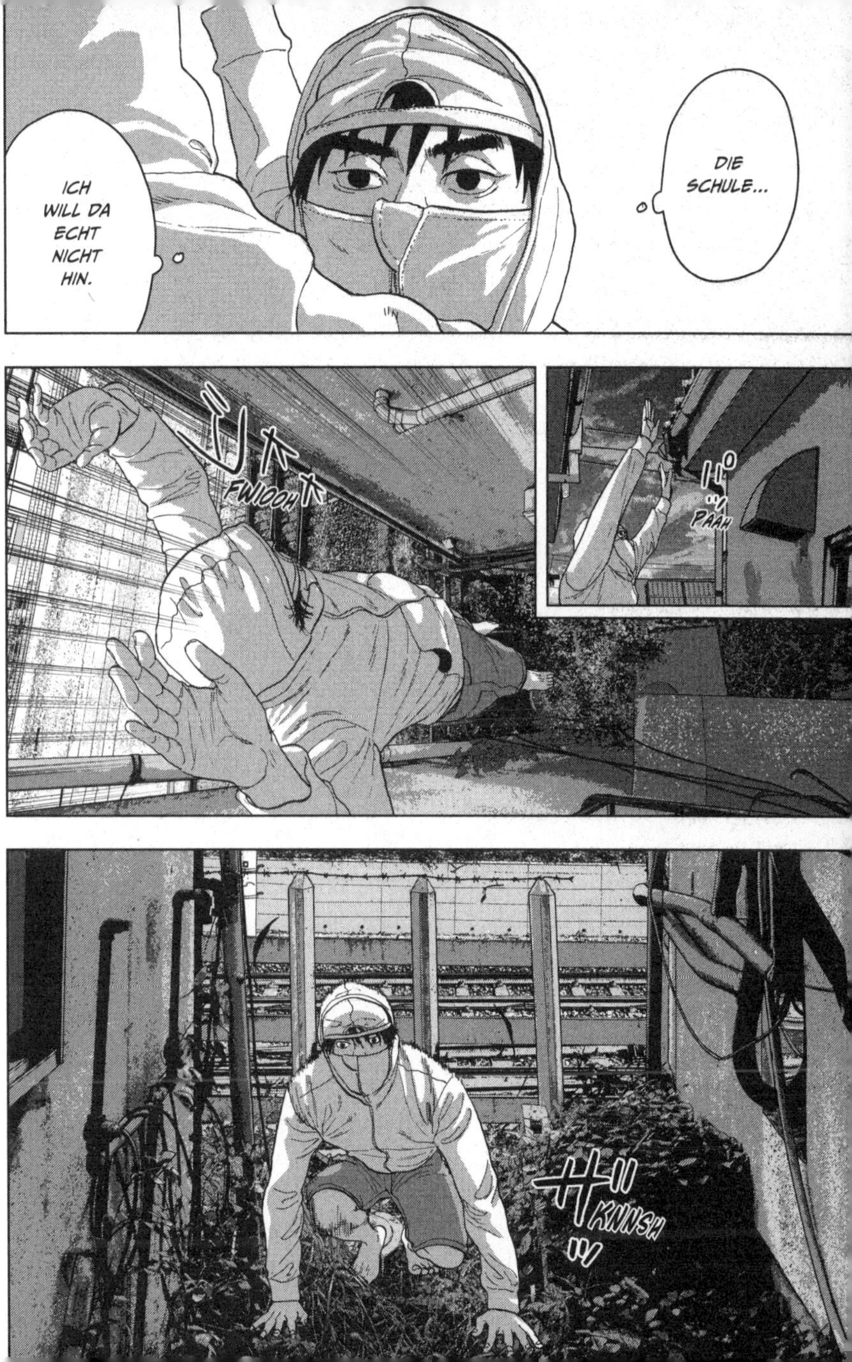
DIE SCHULE...
ICH WILL DA ECHT NICHT HIN.
PAAH
FWIOOH
KNNSH

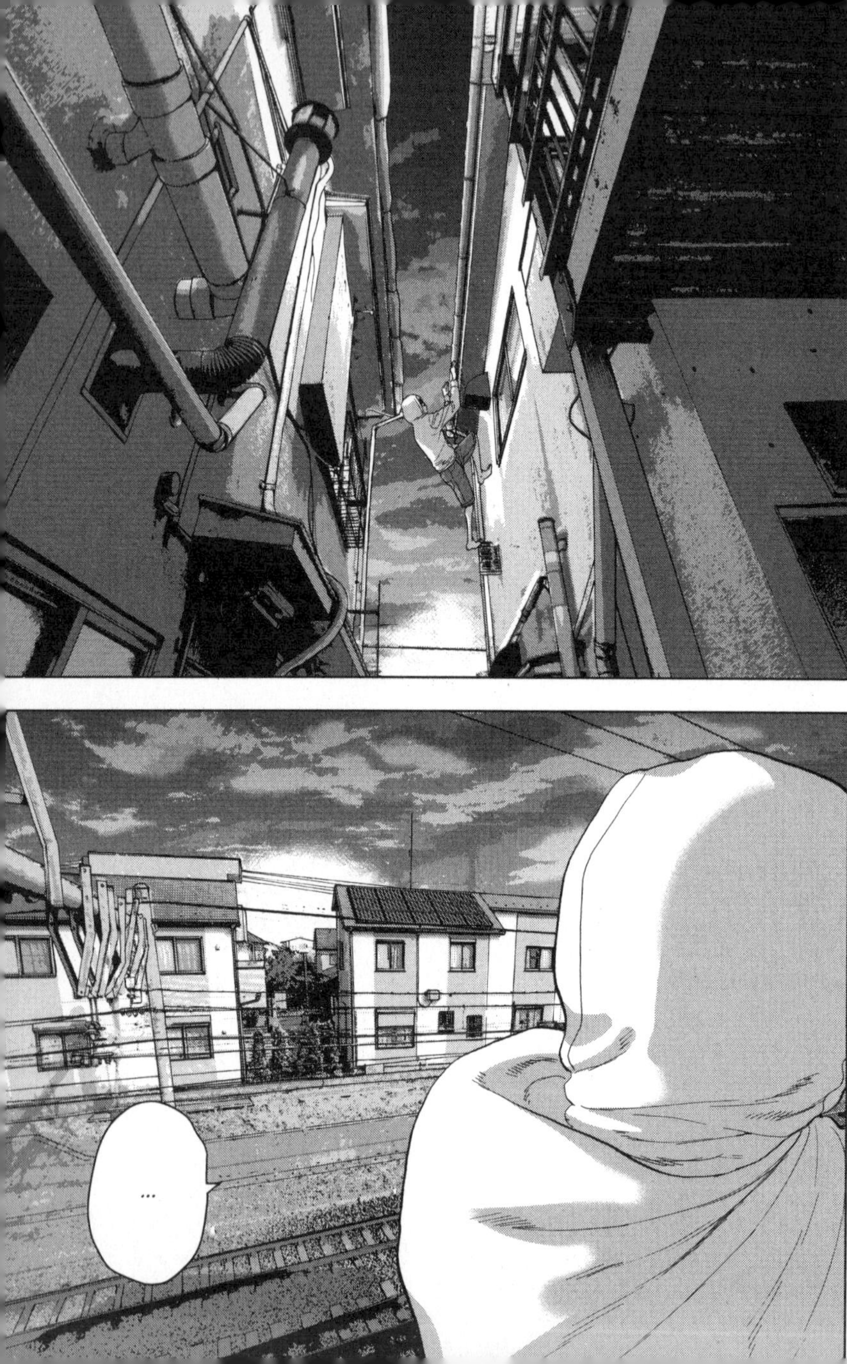

ドッ FDIP
ドッ FDIP
バッ BFAH
ガッ GRAPP
ドッ FDIP
ドッ FDIP

FDIP
FDIP
BFAH

ト FDIP
ト FDIP
ッ
BFAM

ギュルッ
FWIRL
トッ
FDIP
バッ
BFAH
トトッ
FDIP
FDIP

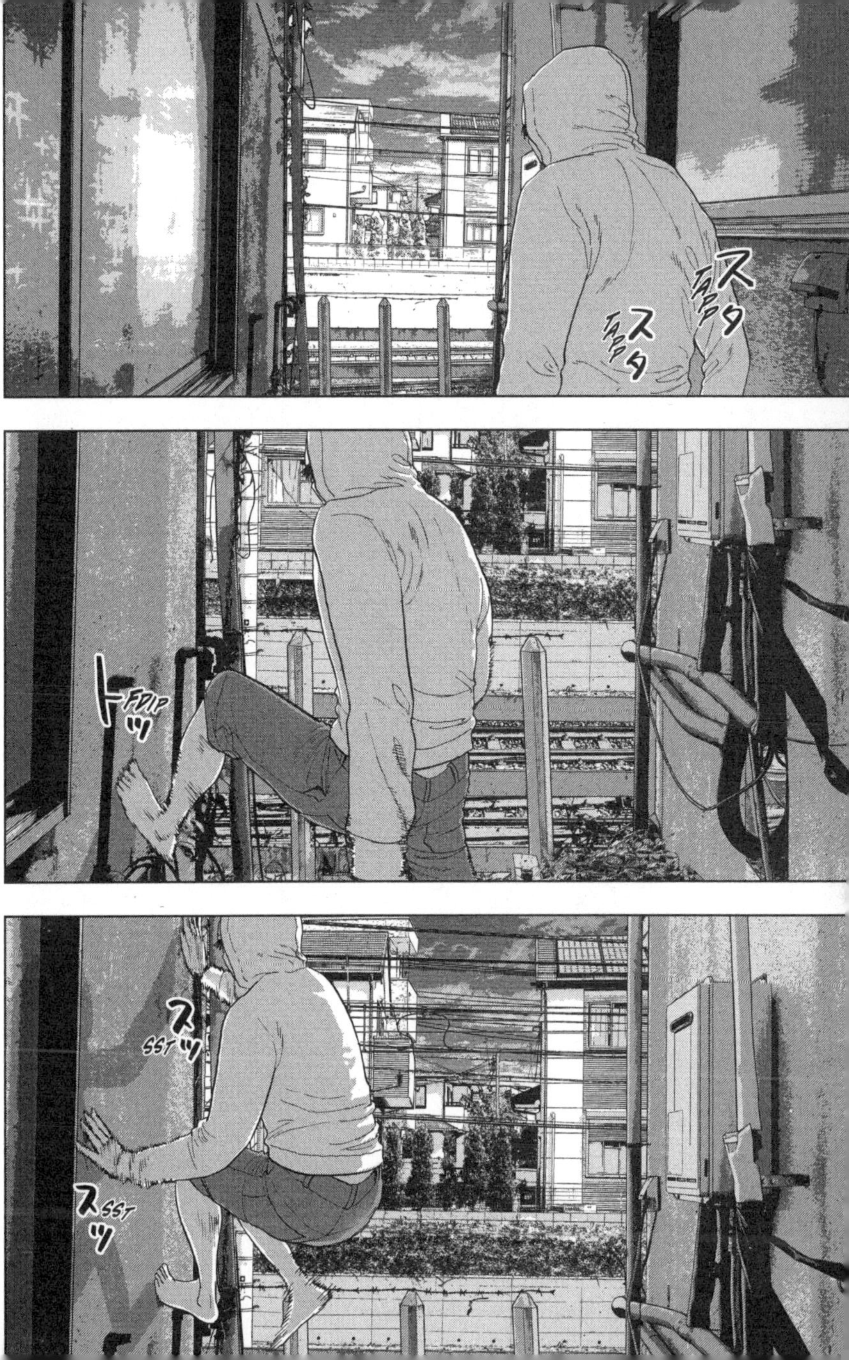
スタ
TAPP
スタ
TAPP
トッ
FDIP
スッ
SST
スッ
SST

...
JA...
... IN DER WOHNUNG IST JETZT NIEMAND AUSSER MIR... ODER?
ERSTARR
NEIN, MAN HÖRT DAS UNREGELMÄSSIGE GESCHNARCHE AUS DER EIGENTÜMERWOHNUNG.
SST

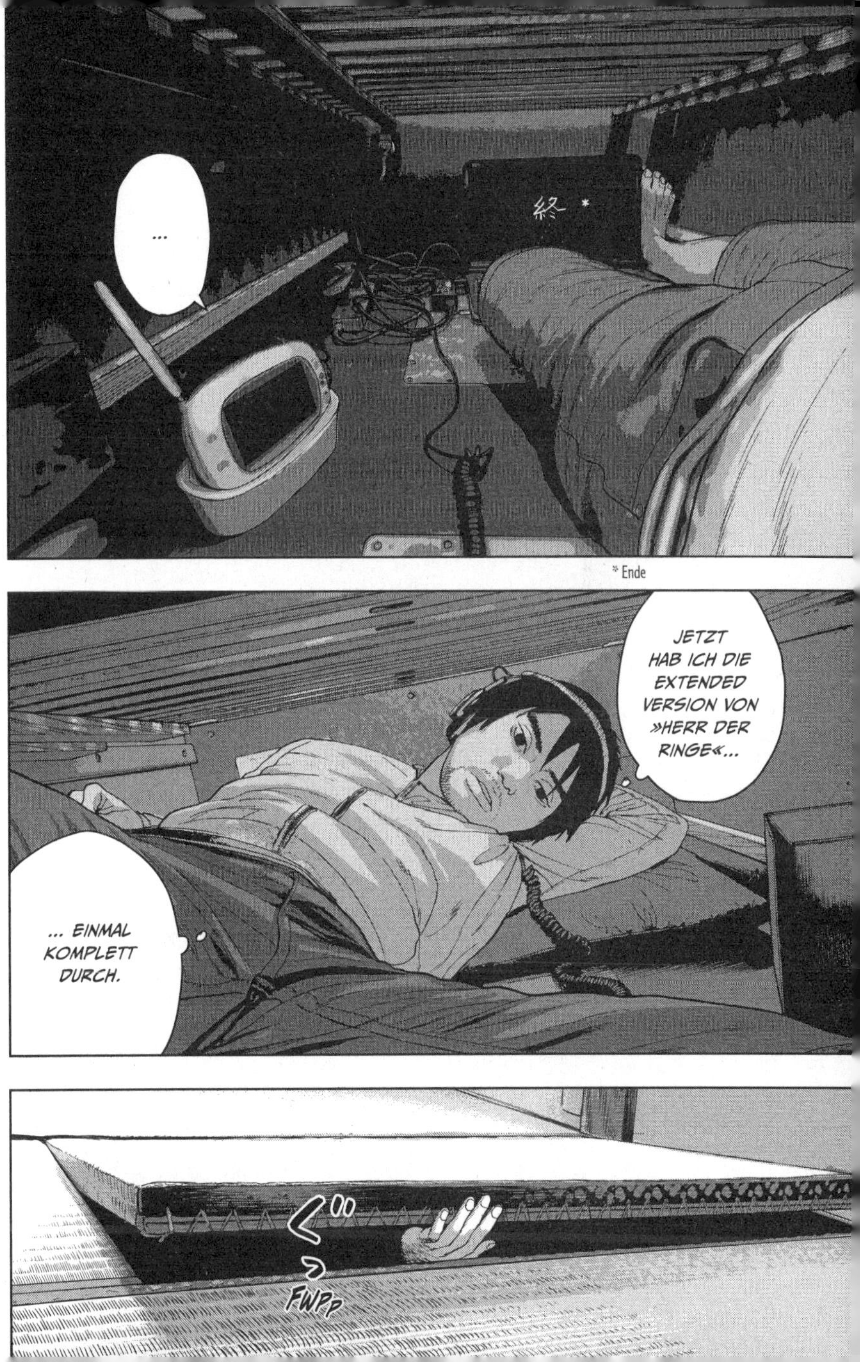
...
終 *
* Ende
JETZT HAB ICH DIE EXTENDED VERSION VON »HERR DER RINGE«...
... EINMAL KOMPLETT DURCH.
FWPP

ОТРЕЖУ ТРИ ЧЛЕНА...
(WENN ICH DREI SCHWÄNZE AB-SCHNEIDE...)
...И СТАНУ НИНДЗЯ.
(... WERDE ICH EIN NINJA.)
BFAH
А СТАВ НИНДЗЯ...
(UND WENN ICH EIN NINJA BIN...)
...СПАСУ СВОЮ ДОЧЬ.
(... KANN ICH MEINE TOCHTER RETTEN.)

!
?
?!
DROP
А Я ПОКА ЧТО ПРИСМОТРЮ ЗА ТВОЕЙ ДОЧЕРЬЮ.
(UND ICH PASS IN DER ZWISCHENZEIT AUF DEINE TOCHTER AUF.)
ИЗ ГРУДНИЧКА МОЖНО СДЕЛАТЬ ЖИВУЮ БОМБУ, НАРКОТИКИ В НЁМ ПРОВОЗИТЬ...
(SÄUGLINGE LASSEN SICH FÜR ALLERHAND GE-BRAUCHEN. ALS MENSCH-LICHE BOMBEN...)
...НА ОРГАНЫ ПРОДАТЬ, В БОРДЕЛЬ... БОГАТЫЙ ВЫБОР!
(... DROGENKURIERE ODER FÜR DEN ORGANHANDEL ZUM BEISPIEL.)

Goethe
ШТУКИ ДВЕ-ТРИ ОТРЕЖЕШЬ — НАВЕРНЯКА НА НИНДЗЯ ВЫЙДЕШЬ. (WENN DU ZWEI, DREI SCHWÄNZE ABSCHNEIDEST, SIEHST DU SICHER BALD EINEN NINJA.)
«МУЖЧИНАМ, КОТОРЫЕ ПОМОЧАТСЯ НА СТЕНУ, ОТРЕЖУТ ЧЛЕН». ТОЛЬКО ТАМ НАПИСАНО «СТОЛБ», ЭТО «ЧЛЕН» НА СЛЕНГЕ. (»ALLEN MÄNNERN, DIE HIER RANPINKELN, SCHNEIDEN WIR DAS GLIED AB.« DA STEHT ALLERDINGS »KOLBEN«, DAS IST SLANG FÜR »GLIED«.)
FWPP
ДА И Я ЗАКОНЧИЛ. (JEPP, BIN MIT DER ARBEIT FERTIG.)
スル
SHLFF
РАБОТКА КАК РАЗ ДЛЯ ТЕБЯ. (DU ERLEDIGST SO EINEN JOB DOCH MIT LINKS.)
ЕСЛИ ТЫ СМОЖЕШЬ ВНЕДРИТЬСЯ В ВЕЛИЧАЙШУЮ В МИРЕ ОРГАНИЗАЦИЮ УБИЙЦ... (WENN DU'S SCHAFFST, DICH IN DIE WELTWEIT GRÖSSTE ORGANISATION VON KILLERN EINZUSCHMUGGELN...)
FWUPP
TOI TOI
...НАМ ЭТО ПОЙДЁТ НА ПОЛЬЗУ. (... WÜRDE UNS DAS UNGLAUBLICH HELFEN.)

告
ここに小便をするな
粗末な竿を切り落とす
ХА-ХА-ХА!
(HAHAHA!)
TANG TANG TANG
BOOM BOOM BOOM
ГЛЯНУЛ. НАТУРАЛЬНО, ПОСЛАНИЕ НИНДЗЯ.
(JA, HAB'S MIR ANGE-
SCHAUT. DAS IST DEFINITIV
EINE NINJA-NACHRICHT.)
МОЛОДЕЦ. Я САМ ТАКОЕ ВПЕРВЫЕ ВИЖУ.
(SUPER GEMACHT!
SELBST ICH HAB SO WAS
NOCH NIE GESEHEN.)
TA TA TA TA TA
А ВОТ ЗНАЧИТ ОНО..
(DAS BEDEUTET
FOLGENDES...)
ОЙ, ИЗВИНИТЕ.
(UPS, ENT-
SCHULDIGUNG.)
WUMP
TA TA TA
BOOM BOOM

БА, КОГО Я СЛЫШУ? РЕДКО ТЫ ЗВОНИШЬ. (NA, SO WAS! DU HAST JA EWIG NICHTS VON DIR HÖREN LASSEN!)
КАК ЯПОНИЯ? НИНДЗЯ ВИДЕЛ? (WIE IST ES IN JAPAN? HAST DU NINJA GEFUNDEN?)
Я САМ? (WO ICH BIN?)
СЕЙЧАС В ГЕРМАНИИ ПО РАБОТЕ. (IN DEUTSCHLAND, BEI DER ARBEIT.)
КАК ТЫ СМЫЛСЯ, КРУЧУСЬ СЛОВНО БЕЛКА В КОЛЕСЕ. (SEIT DU WEG BIST, HABE ICH ALLE HÄNDE VOLL ZU TUN.)
ЧЕГО ЗВОНИШЬ-ТО? ИЕРОГЛИФЫ? (WIESO RUFST DU AN? SCHRIFTZEICHEN?)
КОНЕЧНО, ЗНАЮ. СЕМЬ ЛЕТ В ЯПОНИИ ПРОЖИЛ, ВСЁ-ТАКИ. (KLAR KANN ICH DIE LE-SEN. ICH HAB SCHLIESS-LICH SIEBEN JAHRE IN JAPAN GELEBT.)
ЛАДНО. СКИНЬ ФОТКУ. (OKAY. SCHICK MAL RÜBER.)

KNIPS
カシャッ
ここに小便をするな
粗末な竿を切り落とす
カシャッ
KNIPS
プルルルル
DRRRING
プルルルル
DRRRING
!
プルルルル
DRRRING

KAPITEL 5

* Warnung! Hier nicht hinpinkeln! Sonst schneid ich dir deinen dreckigen Kolben ab!

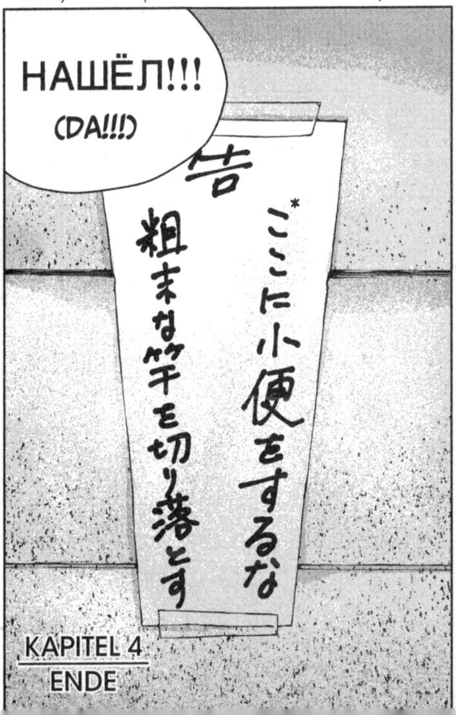

ЭТО... ЭТО ЖЕ!..
(WA...WAS IST DAS?!)
ТАЙНЫЙ ЗНАК...
(EIN GEHEIM-ZEICHEN...)
...НИНДЗЯ!
(... DER NINJA!)
ПОЧЕМУ ТАК НИЗКО?
(ABER WARUM SO WEIT UNTEN?)
ЧТОБЫ ПРОХОЖИЕ НЕ ЗАМЕТИЛИ?
(DAMIT PASSANTEN ES NICHT BEMER-KEN?)
PATT
PATT

...
フラ
SCHLENDER
フラ
SCHLENDER

PUUH...
?!

練馬駅前
Nerima Sta.
山本葬儀社
TUUUT
WO SIND...
HUP HUP
... NINJA?
UPS! ENTSCHULDIGUNG.
KLING KLING

MIST! ICH MUSS LOS!
ICH KOMM AM ERSTEN ARBEITSTAG NOCH ZU SPÄT!!
TSCHÜSS !!!
TA TA TA
PUUH...
STIMMT... ICH GLAUBE, ICH HABE GESTERN ...
... BEI KUMOGA-KURE-KUN WAS GE-TRUNKEN...
ABER EGAL.
ICH LEG MICH NOCH MAL HIN.

DU WILLST ZUR POLIZEI? WUNDERBAR! DANN ERZÄHL ICH DENEN GLEICH, DASS DU MEIN HÖSCHEN GEKLAUT HAST.
WAS?!
WIE?!
NEIN, DAS WAR ICH NICHT!
WENN DU VON OBEN DIE TREPPE RUNTERKOMMST, GLOTZT DU IMMER IN MEIN ZIMMER.
UND VORGESTERN WAR MEIN HÖSCHEN VERSCHWUNDEN, GERADE NACHDEM DU VORBEIGEKOMMEN BIST.
N... NEIN, DU LÄSST DAS FENSTER JA IMMER OFFEN...
DAS SIND FALSCHE ANSCHULDIGUNGEN!!
HÖSCHEN KLAU ICH NICHT!!!
HÖSCHEN NICHT?
ABER WAS ANDERES SCHON, ODER WIE?

DIE DOSE IST DER UNUMSTÖSSLICHE BEWEIS! DAS HAB ICH DA DRAUFGESCHRIEBEN!
*大野
UND DIE WAR IN DEINEM ZIMMER! WILLST DU DICH ETWA DUMM STELLEN?!
* Ono
HMM... »ONO«... WAR MEIN KÜNSTLERNAME...
... ALS ICH DAMALS IM KABARETT ALS HOSTESS GEARBEITET HABE.
WAS...
DAS IST DOCH GLATT GELOGEN! WER GIBT SICH DENN SO EINEN FAMILIENNAMEN ALS KÜNSTLERNAMEN?!
ICH SAG DOCH, ICH HAB DEIN BIER NICHT GETRUNKEN. WENN ICH MIR DAS DIE KEHLE RUNTERWÜRGE, BEKOMM ICH...
... EINEN FURCHTBAREN KATER. WIESO GIBST DU MIR WELCHES? DAS IST VERGEWALTIGUNG UNTER AUSNUTZUNG EINER HILFLOSEN LAGE...
W...WAS SAGST DU DA?!
ICH GEH GLEICH ZUR POLIZEI! WEGEN EINBRUCH UND DIEBSTAHL, JAWOHL!
YEBISU

DU WARST DAS DOCH! DU HAST...
... MEIN GANZES KOSTBARES YEBISU-BIER AUSGE-TRUNKEN!

HÄ? ICH HAB NULL AHNUNG...
... WOVON DU SPRICHST.

Я ХОЧУ...
(ICH WILL...)
...СТАТЬ НИНДЗЯ.
(... EIN NINJA WERDEN.)

Nimble
(SCHNELL)
Invisible
(UNSICHTBAR)
Nightly
(NACHTWESEN)
Japanese
(JAPANISCH)
Agent
(GEHEIMAGENT)
N.I.N.J.A
ОНИ НИГДЕ И ВЕЗДЕ.
(SIE SIND ÜBERALL UND NIRGENDS.)
ОНИ НАВОДЯТ НА ФИЛОСОФСКИЕ РАЗМЫШЛЕНИЯ ОДНИМ ФАКТОМ СВОЕГО СУЩЕСТВОВАНИЯ.
(EINZIG IHRE EXISTENZ REGT ZU PHILOSOPHISCHEM DENKEN AN.)

ブロロロ
VROOAAM
ビィ
BIEP
パッパッ
HUP HUP
HUP HUP

WELCOME TO NERIMA CITY OFFICE
TOKYO SKY TREE
SHINJUKU SUBCENTER
& TOKYO TOWER
MT. FUJI
20F
NINJA

ES GIBT SO VIELE NINJA, DASS MAN IMMER EINEN TRIFFT, WENN MAN NUR EINEN STEIN WIRFT.
SNIFF
くん
くん
SNIFF
HEHE-HE...
DAS BEDEUTET ES...
WO SIND SIE?
ICH WEISS ES NICHT.
IMMER MIT DER RUHE...
DAS SPRICHWORT GEHT NOCH WEITER...
»WENN DU EINEN STEIN WIRFST, TRIFFST DU EINEN NINJA. ABER WEN DU GETROFFEN HAST, WEISST DU NICHT.«
SIE SIND ÜBERALL, ABER KEINER KENNT SIE. NINJA EBEN.
SO EINEN NINJA IN NINJA-KLEIDUNG WIE SIE GIBT ES HIER IN JAPAN NICHT.

SIE?
ODER SIE?
HALT, HALT, HALT! FUCHTELN SIE HIER NICHT SO MIT DEM SCHWERT HERUM!
NO!
DAS IST UMBRELLA. ICH KAUFTE IN ASAKUSA.
JAJA, ICH WEISS. ABER DAS IST AUCH GE-FÄHRLICH.
IM JAPA-NISCHEN GIBT ES EIN SPRICH-WORT.
»WENN DU EINEN STEIN WIRFST, TRIFFST DU EINEN NINJA.«
PFFFT
ICH KENNEN SPRICH-WORT.
WAS BEDEU-TET?

BFAAAH
NINJA!!!
ザワ BLA
ザワ BLA
WO...
... SIND SIE?

OKAY, OKAY. ICH VERSTEHE.
ZU UNS KOMMEN VIELE AUS-LÄNDER.
UND WO ICH KANN...
... NINJA TREFFEN? BITTE SAGEN SIE ES MIR.
NA, HINTER IHNEN.
WO...?
?!

ガヤ BLA
ガヤ BLA
...
KÖNNEN SIE JAPA-NISCH?
JA. EIN WENIG. KANJI SIND SEHR SCHWIERIG.
ICH BIN NACH JAPAN GEKOM-MEN...
... UM NINJA ZU WERDEN.

OKAY...
WIE KANN ICH IHNEN HELFEN?
JA.
WO SIND NINJA?

KAPITEL 4

スッ
SSST

NIN
NIN
ギュッ
KAPITEL 3
ENDE

KRSH
じゃり
KRSH
じゃり

NANU?
ER IST GAR NICHT DA...

WOOSH
HEY! KUMOGA-KURE-KUN! WAS FÄLLT DIR EIN!
BFAH
HAST DU ETWA MEIN GANZES BIER WEGGESOF-FEN?

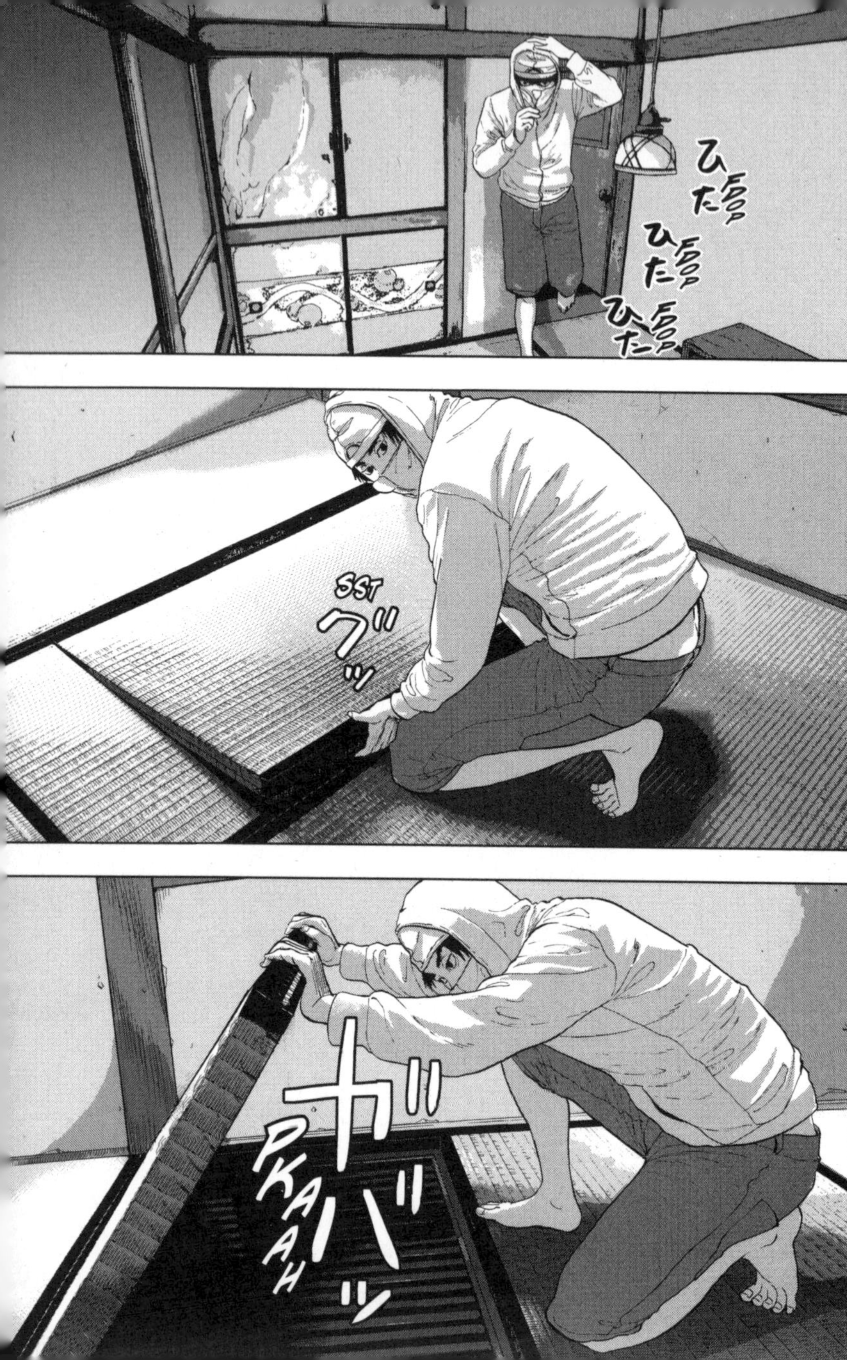

ひた
FDOP
ひた
FDOP
ひたー
FDOP
SST
グッ
ガバッ
PKAAH

JUHUU, ICH HABE JETZT EI- NEN JOB!
HEUTE ABEND WERDE ICH MIT YEBISU DRAUF AN- STOSSEN!
TWANK
TWANK
!
HM?
WAR DA GRAD JEMAND?

ドサッ
WUMP
HNNGOO ...
スッ
SST
スッ
SST
VIELEN DANK FÜR DIE BEWIR-TUNG.
ひた
FDOP
ひた
FDOP

大野
YEBISU
YEBISU
HNNNG...
コッ
FOOP
ひた
FLOP
ひた
FLOP

* In der gleichnamigen Animeserie schläft Doraemon im oberen Fach des Wandschranks, sein Freund Nobita-kun im unteren.

DAS IST EIGENT-LICH EINE TIEFTRAURIGE GESCHICHTE...
HIHI-HIHI...
AUA, MEIN BAUCH...
POMM
POMM
WIE ALT BIST DU, HM?
GANZ NORMAL, 17.
HAHAHA-HAHA!
ICH DACHTE, DU BIST EIN BISSCHEN ÄLTER... ABER DU BIST JA NICHT MAL VOLLJÄHRIG!
DABEI TRINKST DU »GANZ NORMAL« ALKOHOL!
PAMM
PAMM
PAMM

* jap. ku: neun; ro: u.a. Zählwort für eigenes Kind in männlichen Vornamen, hier also: neuntes Kind

* jap. Schreibung des englischen »miracle«

* jap. »kuro« = Arbeit/Mühe/Plackerei

ICH LEIH MIR KURZ...
PKAAAH
... WAS VON IHNEN, ONO-SAN.
HIER, EIN BIER.
ABER NUR EINS.
WIESO IST DEIN ZIMMER MIT DEM NEBENAN VERBUNDEN?
WEISS NICHT... DAS WAR SCHON SO, ALS ICH EIN-GEZOGEN BIN.
PSHUU
GLUU
GLUU
GLUU
DESHALB BRAUCH ICH AUCH KEINEN KÜHLSCHRANK.

WAS?
TEST?
JA, IN ENGLISCH, JAPANISCH UND MATHE. HÖR DOCH MAL RICHTIG HIN.
HABEN DIE DAS NICHT GESAGT, BEVOR ICH AM HÖRER WAR?
ENGLISCH, JAPANISCH UND MA-THE...
OKAY, JETZT GIBT'S WIE VERSPRO-CHEN WAS ZU TRINKEN.

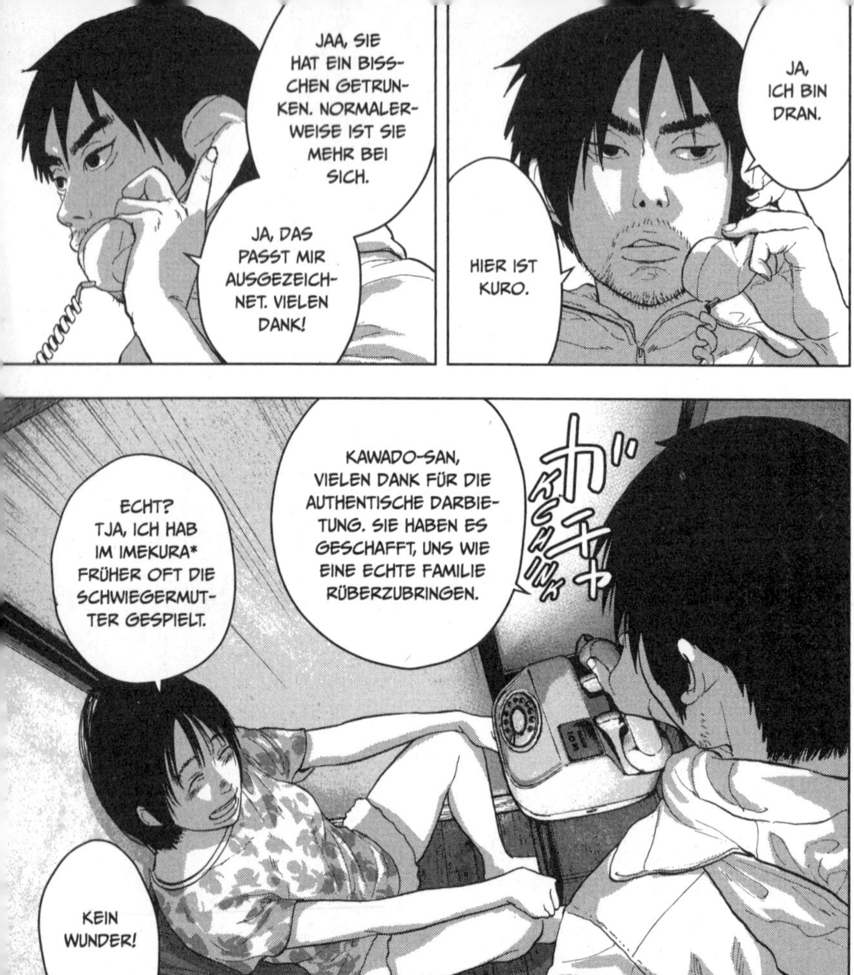

* Etablissement, in dem Hostessen in bestimmte Rollen schlüpfen

KU
SCHON WIEDER EIN »KU«.
»KU«.
KU
»RE«.
JAJAJA! »RE«.
RE
ACH SO! »KUMOKAKURE« SOLL DAS HEISSEN.
...
WAS? »KUMOGAKURE«? JA, IST EGAL, OB »KAKURE« ODER »GAKURE«.
JA, GENAU. ICH BIN DIE MUTTER VON KURO KUMOGAKURE. ER SOLL AN IHRE SCHULE.
WIE? SAMSTAG?
NA, SIE SIND VIELLEICHT DREIST. SO KURZFRISTIG?
OKAY, PRINZIPIELL HABE ICH ZEIT. WAS? NICHT ICH? SONDERN KURO?! ACH JA... MEIN SOHN...
HIER. ICH SOLL DIR DEN HÖRER GEBEN.

HÄ? DER NAME? WIESO...
MUSS ICH DEN UNBEDINGT SAGEN?
PFFT
TKK
AUTSCH!
KU
»KU« ...
WAS SOLL DAS? EIN TANZ?
KU
»KU«!
AH JA... »KU«...
MO
MO
»MO« ...
»MO«!
UND WAS IST DAS? MANN, WIE NERVIG...
ACH SO... »MO«...
KA
»KA«!
AH, KA. SAG'S DOCH EINFACH, MANN!

AH, GUTEN TAG!
IST DA DIE KO-DAN-OBER-SCHULE? ICH BIN'S... ÄHM... ICH!
WAS? WER ICH BIN...? NA, ICH BIN ES! GEBEN SIE MIR...
... MAL JEMAND WICHTIGEN!
WAS ICH WILL?
NA, MEIN SOHN SOLL DOCH AN IHRE SCHULE WECHSELN!

KAPITEL 3

BITTE!
DU SOLLST NICHT...
WAMM
... GUCKEN !!!
KAPITEL 2 ENDE

ヒタ
TAPP
ヒタッ
TAPP
ヒタッ
TAPP

スッ SST
スッ SST
ヒタ TAPP
ヒタ TAPP
ヒタ TAPP
ヒタ TAPP

キュ KWPP
キュ KWPP

MACHEN SIE BITTE AUF.
ス
FWOOSH
ガラララ
KALANG

SIE IST ALSO STURZ-BETRUNKEN.
ABER ICH KANN SONST KEINEN UM HILFE BITTEN.
WEHE, DU GUCKST, ICH MACH DICH SO WAS VON KALT! KAPIERT?!
ALLES KLAR. SO STEHT ES ALSO...
SST
ICH BIN EIN NINJA.
ZIPP
ICH MACHE DAS UNMÖGLICHE MÖGLICH.

KUMOGA-KURE-KUN…
… BRINGST DU MIR MAL PAPIER?
ÄH, KLAR!
ÄHM…
WO FINDE ICH DENN DAS TOILET-TENPAPIER?
HÄ? NATÜRLICH AUF DEM KLO, WO DENN SONST?!
HÄH?
ABER DANN KÖNNEN SIE ES DOCH SELBST NEHMEN.
NEIN, GEHT NICHT. DIESE DRECKSBUDE IST SO BLÖD GESCHNITTEN, DASS ICH NICHT RANKOMME!
DIESER MISTKERL VON VER-MIETER HAT ES SO WEIT WEG HINGE-STELLT.

HM? SIE IST NICHT DA? UND ...
... HÄNGT IHRE UNTERWÄSCHE BEI OFFENEM FENSTER AUF?
カチャ
KLINK
...
KAWA-DO-SAN, SIND SIE DA?
HÄ...?

DAS WAR KNAPP. ICH BIN ZU LEICHTSINNIG... BEI EINEM SCHULWECHSEL MELDEN SICH NORMAL JA DIE ELTERN.
ICH KÖNNTE MICH ALS VATER AUSGEBEN. ABER WENN ICH SO MITTEN AM TAG ANRUFE, IST DAS EIN BISSCHEN KOMISCH... SO WAS WÜRDE DOCH DIE MUTTER MACHEN.
SOLL ICH ES AM ABEND NOCH MAL VERSUCHEN? NEIN... EIN GENIN MUSS SOFORT LOSLEGEN...
... ES SEI DENN, ER BEKOMMT ANDERS LAUTENDE ANWEISUNGEN.
ICH KÖNNTE EINE NACHBARIN FRAGEN, ABER HIER IM HAUS WOHNT NUR EINE...
ヒタ TAPP
ヒタ TAPP
... UND DIE HABE ICH TAGSÜBER NOCH NIE NÜCHTERN ERLEBT.

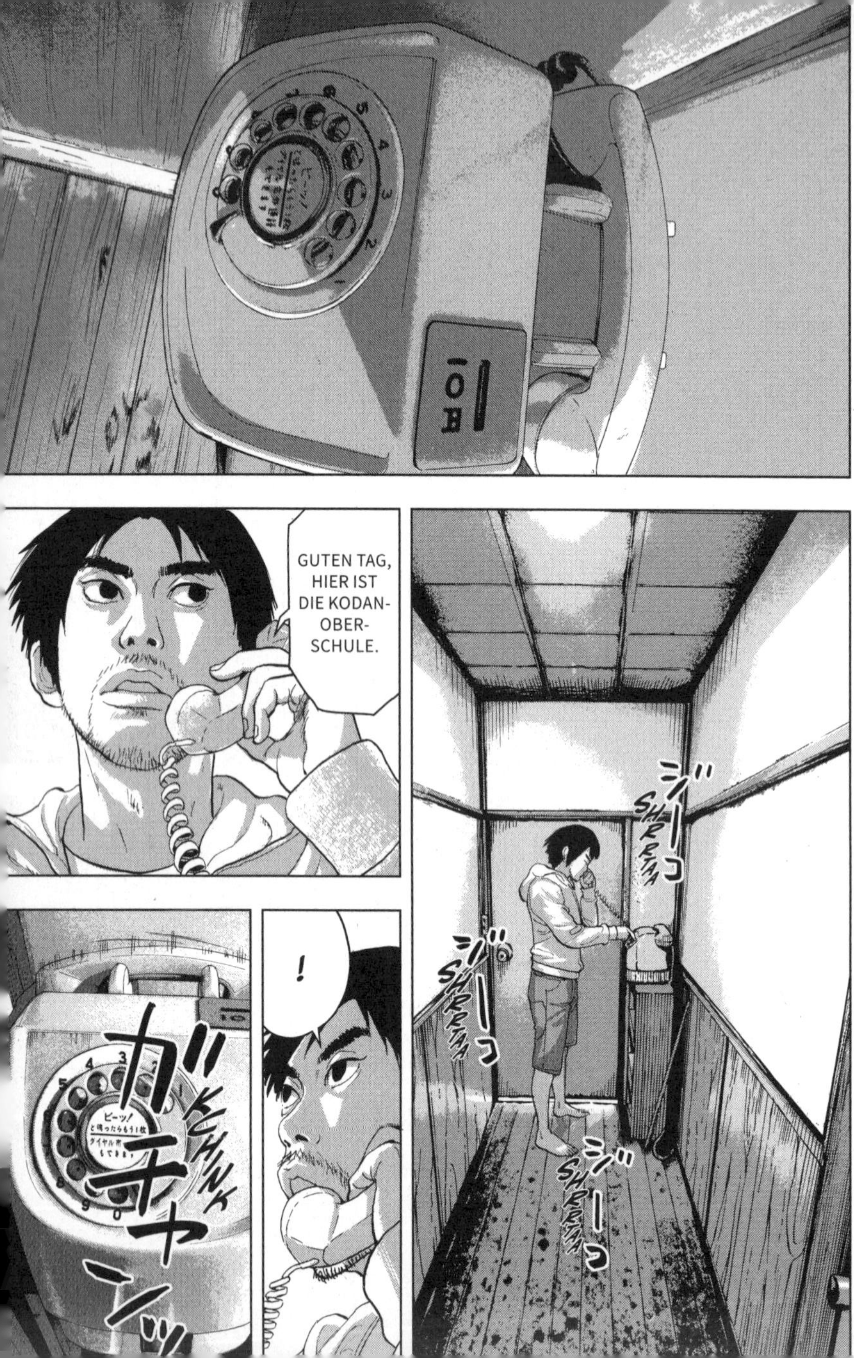
10円
ジーーコ
SHRRTAA
ジーーコ
SHRRTAA
ジーーコ
SHRRTAA
GUTEN TAG, HIER IST DIE KODAN-OBERSCHULE.
!
ガチャーンッ
KCHINK

OKAY.
ICH HATTE DOCH NOCH GERSTEN-TEE...
バクン
PKAAAH
ゴキュ
GLU
ゴキュ
GLU
PUUH...

WUMP

ス
SST

BEAAAH

AH,
STIMMT.
SSST
TAPP

オイイ
KWIIII
ガラッ
SHRRT
ONO-SAN, SIND SIE DA?
OFFEN-BAR NICHT.

PAMM
DAS HEISST, ICH SOLL MICH IN DIESE SCHULE EINSCHLEI-CHEN.
SCHNELL MAL AUF DEM HANDY CHECKEN.
ZUM GLÜCK 'NE GEMISCHTE SCHULE.
OKAY.

AM KARTON IST NICHTS ZU ENTDECKEN. UND SONST GIBT'S AUCH NICHTS AUFFÄLLIGES.
IST VIELLEICHT EIN GPS AN DER SOHLE VON EINEM SCHUH?
DIE SCHULUNI-FORM SITZT WIE ANGE-GOSSEN.
UND AUCH AM SCHÜLERHEFT IST NICHTS ZU MECKERN.
WOW, SCHUL-REGELN GIBT'S IMMER NOCH?
生徒手帳

バラ
TOMM
ドン
DRRB
バラ
DRRB
バラ
DRRB
AH!
AUTSCH!
...

JETZT HAB ICH ALSO EINEN JOB.
HEPP!
ごろん
ROLL
GE...
...SCHAFFT!!!

KAPITEL 2

IN DEM TEIL HIER BIN ICH EIN NINJA.
KAPITEL 1 ENDE

HM?
ZIPP
DER REISSVERSCHLUSS GEHT BIS UNTER DIE AUGEN...
チャ
CHAP
FLLP
AH...
VERSTEHE.

UND ZUR UNIFORM NOCH EIN ZIP HOODIE... WIESO EIN ZIP HOODIE?
ばっ
SHUFF
WAS IST DAS HIER?
カチッ
KLICK
ZIPP

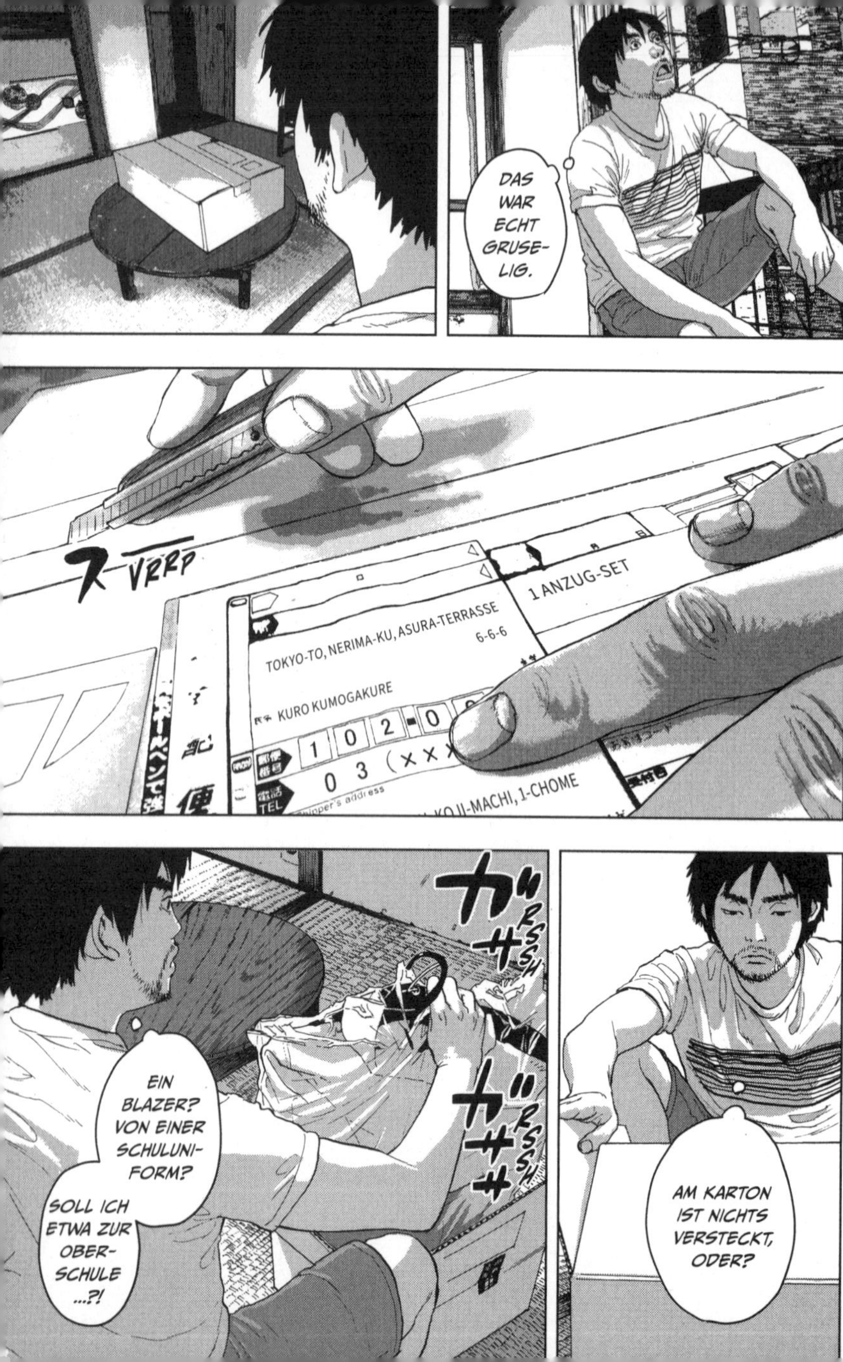
DAS WAR ECHT GRUSE-LIG.
VRRP
1 ANZUG-SET
TOKYO-TO, NERIMA-KU, ASURA-TERRASSE 6-6-6
KURO KUMOGAKURE
1 0 2 - 0
0 3 (XXX
TEL
KOJI-MACHI, 1-CHOME
AM KARTON IST NICHTS VERSTECKT, ODER?
RSSH
RSSH
EIN BLAZER? VON EINER SCHULUNI-FORM?
SOLL ICH ETWA ZUR OBER-SCHULE ...?!

WAS?
DER HIER?
DAS SIND ZEHN PUNKTE... ODER?

FWOOOSH
GRAPP

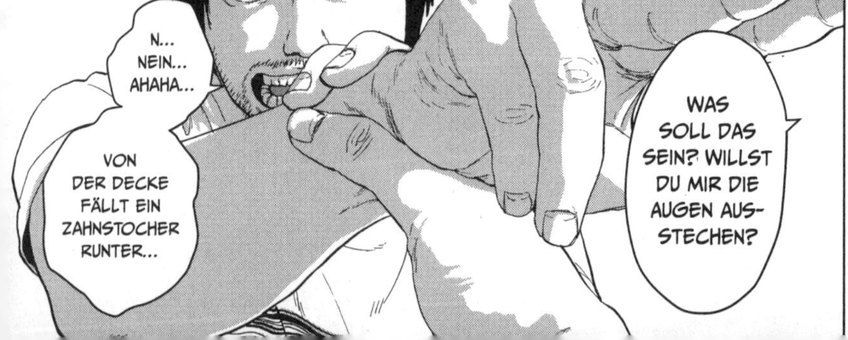
WAS SOLL DAS SEIN? WILLST DU MIR DIE AUGEN AUS-STECHEN?
N... NEIN... AHAHA...
VON DER DECKE FÄLLT EIN ZAHNSTOCHER RUNTER...

ポロッ
DRRP
ニノゴロッ
FWOOOSH

* In Japan »unterzeichnet« man (bei Lieferungen oder auf Dokumenten) mit einem familieneigenen Stempel mit Nachnamem.

Kumogakure: »Unter den Wolken versteckt«

HIER IST DEIN JOB.
WAS?!
E... EIN JOB? WAS FÜR EINER?!
...
ACH JA! MUSS ICH SELBST RAUSFINDEN, KLAR. HAB VERSTAN-DEN!

ABER DENK AN DIE VORSCHRIFTEN. FALLS DU DIE FLIEGE MACHST, WIRST DU »AUSGELÖSCHT«.
J...
JA, NATÜRLICH...
SO...

NEUERDINGS FINDEN UNERFAHRENE (GENIN) EINFACH KEINE ARBEIT.
HIER UND DA GIBT ES AUCH GERÜCHTE ÜBER AUSSTEIGER (NUKENIN). ES IST LÄSTIG, ABER WIR SEHEN UNS GUT UM.
ICH UND AUSSTEIGER?
AUF KEINEN FALL! WENN ICH NUR ERST MAL 'NEN AUFTRAG KRIEGE, KLEMM ICH MICH DAHINTER!
WIE VIELE VON EUCH DIE ORGANISATION VERLASSEN, KRATZT UNS KEIN BISSCHEN.
AH... HAHA... JA, NATÜRLICH...

...
?
HAST DU NICHT WAS ZU TRINKEN? KALTEN TEE ODER SO?
ÄH!
N... NATÜRLICH!
AH, ICH NUTZ DEN KÜHLSCHRANK MEINES NACHBARN MIT.
HMM.
WAR NUR EIN SCHERZ. HIER IST JA NICHT MAL 'N KÜHLSCHRANK.

* Ninja mittleren Ranges

ゴロッ
ROLL
ババッ
FWAPP
シュバッ
ZAPP
WAS SOLL DAS?
ÜBST DU FÜR EIN ATTENTAT?
WAS? NEIN, SO WAS GROSSES NICHT...
TSS, WÜRDE DIR AUCH NICHT GELINGEN.

ICH HAB ZU VIEL ZEIT...
JA, DAS SIEHT MAN.

ごろり
ROLL
プッ
TKK
FLLK
FLLK
NULL PUNKTE ...

PFFT
TKK
SIEBEN PUNKTE.
ROLL
ごろり
PFFT
TKK
VIER PUNKTE.

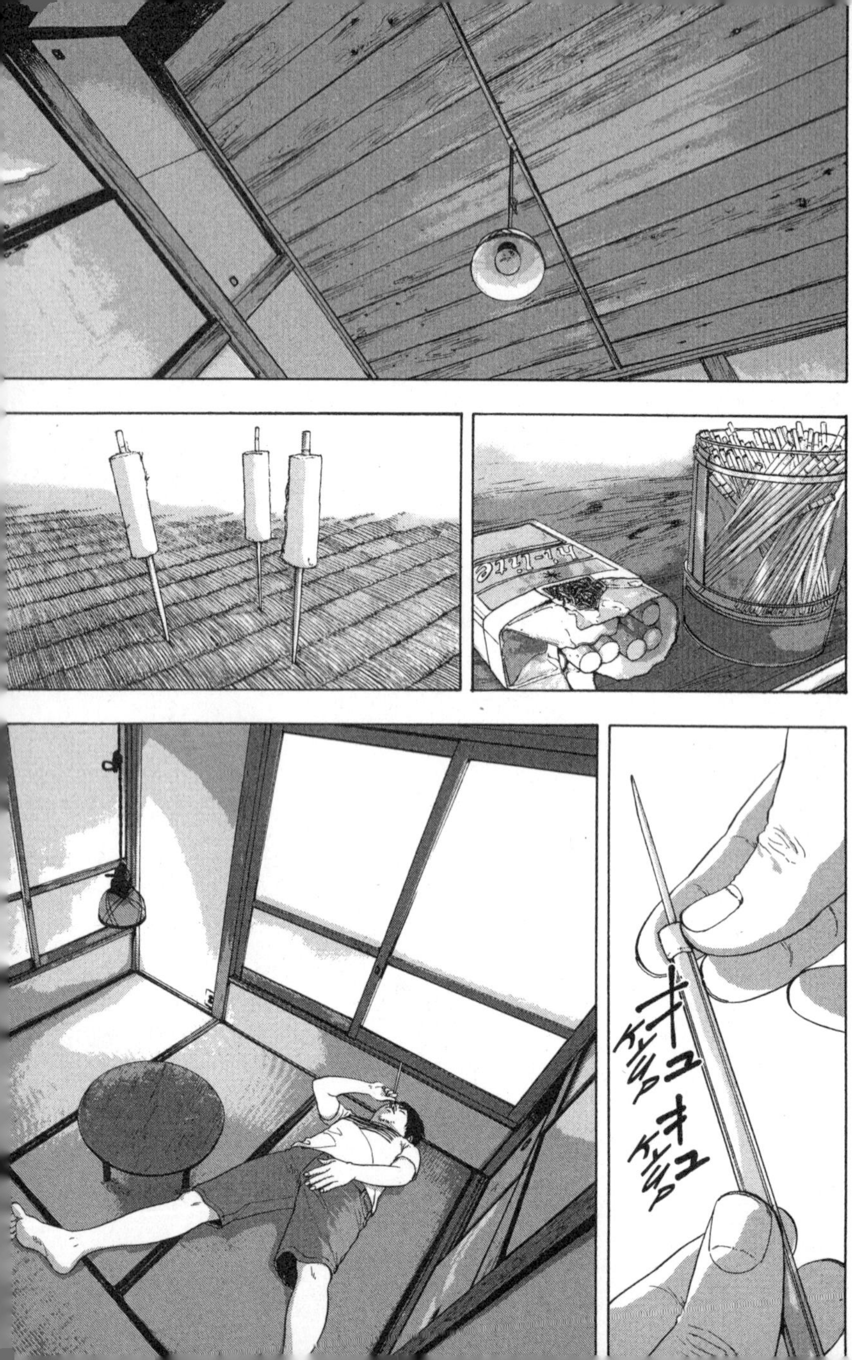
hi-lite
キュッ キュッ

Dabei gibt es auch Ninja, die am Abgrund leben...
みーん みん みん
Ninja, die keinen Job haben...

... soll etwa 200.000 betragen.

Die Zahl der Ninja in Japan...

Die Ninja waren nur scheinbar zerschlagen, denn nun stellte deren Elite an vorderster Front ihre Fähigkeiten unter Beweis, indem sie sich an verdeckten Attentaten und subversiven Missionen beteiligte.
Doch heute, 70 Jahre später, ist die Welt in eine neue Ära der Religionskriege, der ethnischen Konflikte und des Terrorismus eingetreten.
GUTEN TAG!
Viele andere Ninja versteckten sich in allen möglichen Organisationen in Japan, öffentlichen wie privaten.
Als Schläfer beobachten sie die Bevölkerung.
Die »Ninja« gibt es immer noch.
EINE LIEFERUNG!
DING DONG!

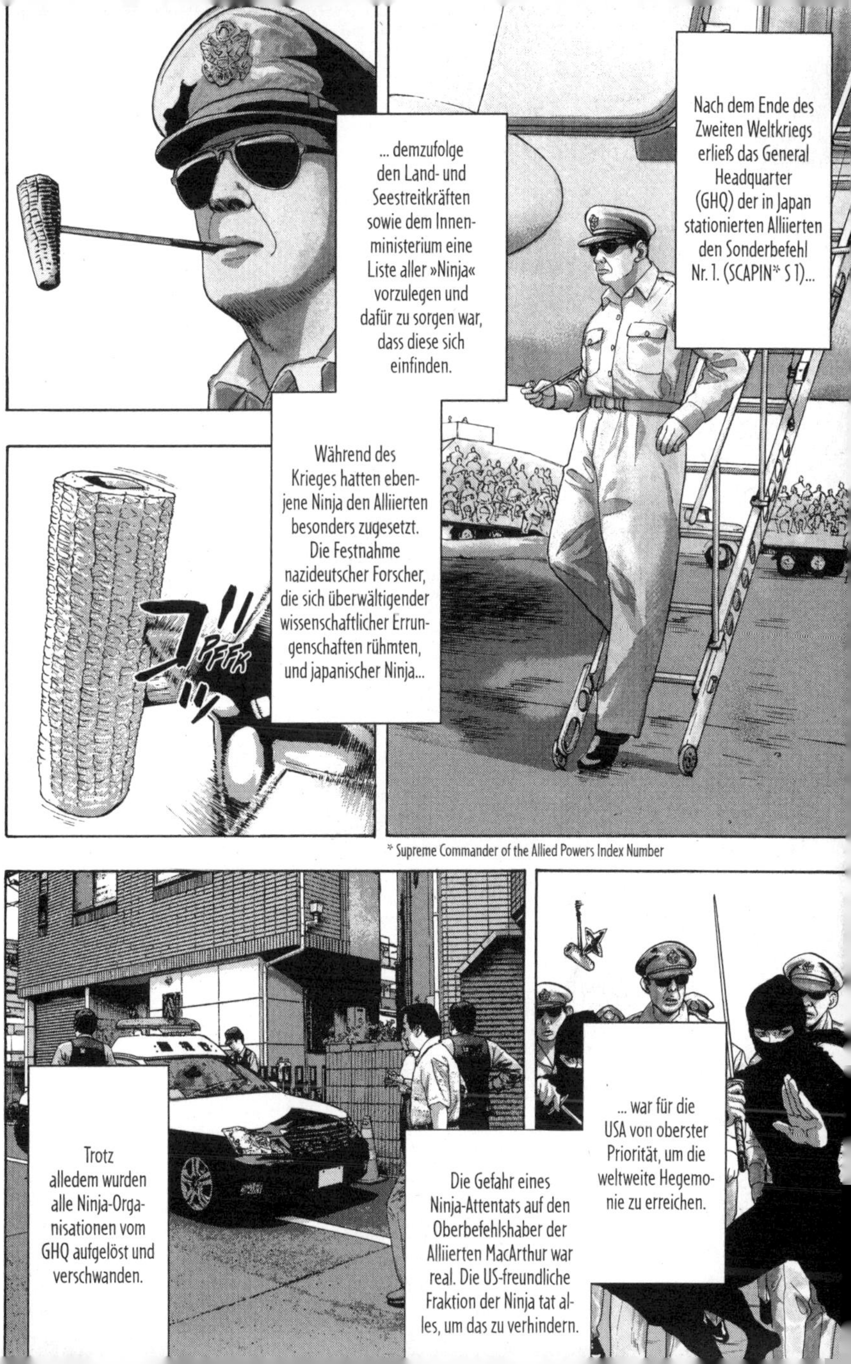

* Supreme Commander of the Allied Powers Index Number

Look what's on the corner of the desk.
(SIEH MAL, DA, AUF DER SCHREIB-TISCHECKE.)
It's 'ORIGAMI'.
(DAS IST »ORIGAMI«.)
Let's go home. This means there's nothing left for us to do.
(AB NACH HAUSE. FÜR UNS GIBT'S HIER NICHTS WEITER ZU TUN.)
'Ninja'... wanted to see them for real.
(»NINJA«... HÄTT ICH GERN GESEHEN.)
Are you kidding me? You wanna die?
(BIST DU BESCHEU-ERT? WILLST WOHL DRAUFGEHEN?)
FTAM
FTAM
Thank God and your mommy you didn't see them.
(DANKE GOTT UND DEINER MAMI, DASS DU DENEN NICHT BEGEG-NET BIST.)

Shit, what the hell is this?
(SCHEISSE, WAS ZUR HÖLLE IST DAS HIER?)
Is it a bomb?
(EINE BOMBE?)
Nah, it ain't a bomb. It's a 'sword'.
(NEE, KEINE BOMBE, IST EIN SCHWERT.)
CHAP
チャッ
Look carefully. His thumb for pressing the phone's detonating button and his head got slashed off by a sword.
(SIEH GENAU HIN. SEIN KOPF UND SEIN DAUMEN AM DETONATIONSKNOPF WURDEN ABGESÄBELT.)
Nobody else can do this but 'Ninja'.
(SO WAS KRIEGT NIEMAND HIN AUSSER »NINJA«.)

KAPITEL 1

Here!
ザッ
FTAM
FWOOOSH
サササッ
Clear!
スッ
SST
All clear!
スッ
SST
Rock 'n' roll!
ガッ
BONK
Freeze!!
BFAAH

アンダーニンジャ
UNDER NINJA
1
BAAM
KENGO HANAZAWA

ドドーン
DODOSH

DODOSH
Get ready, go!!
FTAM
Clear!
FTAM
FTAM
FTAM
Clear!